西村京太郎

二つ《ダブル》の首相暗殺計画

実業之日本社

実業之日本社文庫

二つの首相暗殺計画／目　次

二つ《ダブル》の首相暗殺計画

第一章　それは静かに始まった

1

死体は、雨に濡《ぬ》れていた。

見つかった場所は、都心の青山《あおやま》二丁目。そこに建つ十八階建ての高級マンションの一角だが、場所がマンションの裏手にあたっているせいか、それとも雨のせいか、死体は、なかなか発見されなかった。

死体の周囲には、血溜《ちだ》まりができていたのだが、それも、雨によって少しずつ流されていく。

惨劇にやっと気づいた通行人の一人が一一〇番して、警視庁捜査一課が現場に駆けつけた。

死体の身元はすぐわかった。そのマンションの一〇〇一号室に住んでいる佐伯明《さえきあ》日香《すか》だったからである。

佐伯明日香は十階の自室のベランダから落ちたらしく、その衝撃を物語るように、手足が折れ曲がっていた。

捜査の指揮に当る十津川《とつがわ》は、部下の刑事たちに周辺の聞き込みを命じておいてから、亀井《かめい》刑事と二人、管理人に部屋を開けてもらって、一〇〇一号室に入っていった。

二DKの普通の造りで、奥の八畳には、ベランダがついている。そのベランダも、雨に濡れていた。

「こんな雨の日に、ここから、飛び降りたんですかね？」

と、亀井が、言う。

「一時間前には、雨は降っていなかったんだ。雨は、彼女が飛び降りてから降り出したのかも、しれないよ」

十津川が、言った。

部屋の様子は、若い女性が住んでいたにしては落ち着いたものだった。

「この部屋の主、佐伯明日香さんですが、何をしていた女性か、わかりますか？」

十津川が、青ざめた表情の管理人に、聞いた。

「たしか、大きな病院の、看護師さんだということを聞いたことがあります」

と、管理人は、言ってから、

「いや、二日前に、その病院を辞《や》めたと言っていましたね。ですから、今現在は無職ということじゃありませんかね？」

と、言い直した。

「何という病院に、勤めていたのか、わかりますか？」

「たしか、渋谷《しぶや》の、中央病院だったと思いますが」

管理人は、少しばかり、自信がなさそうな声を出した。

その間に、亀井刑事が、寝室で、遺書らしきものを発見した。

それは、便箋《びんせん》に書かれて、机の上に置いてあった。

お父さん、お母さんへ
せっかく、この歳まで生きてきたのに、お父さん、お母さんが楽しみにしていた私の花嫁姿を見せてあげることも、孫を抱かせてあげることもできずに、こうして死ぬことになってしまったことを、お詫《わ》びします。ごめんなさい。

今まで、黙っていましたが、私は、ある男性に、裏切られました。それがあまりにもショックだったために、生きる気力さえ、失ってしまったのです。

私は、自分のことを、もっと強い人間だと思っていましたから、私自身にとっても、ショックでした。

とにかく、仕事も全く手につかないので、長年勤めていた、中央病院も辞めさせていただきました。

仕事にも行かず、部屋の中でじっと考え込んでいると、自分がいっそう、バカで、いざとなると、何もできない弱虫だということがわかってきて、なおさら落ち込んできます。

このままでは、たぶん、生きていくこともできないでしょう。

そのうちに、自分のような人間は、自ら命を絶《た》ったほうがいい、そのほうが、周りの人たちに迷惑をかけなくて済む、そう考えるようになってきました。

こうなったのも、全て私の責任です。お父さん、お母さん、本当に、ごめんなさい。


十津川と亀井は、遺書を持って、彼女が勤めていた、渋谷にある中央病院に行き、話を聞くことにした。

二人は、受付で、警察手帳を見せてから、病院の柴田《しばた》事務局長に会った。

十津川が、佐伯明日香の死を伝えると、五十代の柴田は、

「実は、ずっと、彼女のことを、心配していたんですよ」

と、言う。

「どうしてですか？」

「二日前に、退職したんですが、その時、ちょっとだけですが、彼女と、話をしたんです。恋愛関係のことで、仕事にも身が入らないので、退職したいと言ってきましてね。それで私は、今すぐ辞めずに、しばらくの間、楽な部署に回してあげるので、そこで、友だちと、相談したりすれば、いいじゃないかと、アドバイスしたのですが、結局、彼女が、どうしても辞めたいというので、退職願を受け取りました」

「自宅マンションの十階の自分の部屋のベランダから、飛び降りたものと思われますが、他殺の可能性もゼロではないので、一応、その線でも、調べることになると考えています」

「そうですか。やはり、辞めさせないほうが、彼女のために、よかったのかもしれ

ませんね。いろいろと、相談に乗ってあげられましたから」

と、柴田が、言ったが、十津川には、何となく、口先だけの感じがした。

「ところで、これが、佐伯明日香さんの部屋の机の上にあった、彼女が書いたと思われる遺書ですが、この筆跡が、彼女自身のものかどうかを、事務局長に、確認していただきたいんですよ」

十津川が、問題の遺書を見せると、柴田は、眉を寄せて、

「私に確認してほしいということは、警察は、遺書が、本人の書いたものではないと、疑っているんですか？」

「いや、そういうわけじゃありません。万一のことを考えて、念のために、確認しておきたいのですよ。それで、ここに勤めていた時に彼女が、書いたものがあればと思いまして」

「事務には、ほとんど、パソコンを使っているので、本人が自分で書いたものは、ないと思いますが」

と、柴田は、言った後で、

「ああ、そうだ。二日前に本人が書いた退職願がありました」

柴田は、机の引き出しから、退職願を取り出して、十津川の前に、置いた。

たしかに、遺書と同じく、ボールペンで書かれてある。

「この退職願を、お借りして構いませんか？」

と、十津川が聞く。

「ええ、どうぞ持っていってください。構いません」

「ありがとうございます。佐伯明日香さんというのは、どういう、女性でしたか？」

と、亀井が、聞いた。

「優秀な看護師でしたよ。多くの先生や患者さんから、信頼されていました。私としては、いつまでも、ここで働いていて、ほしかったのですが、辞めてしまって残念でした。なにしろ、激務なので、最近は看護師のなり手が少なく、困っているんですよ。今時の女の子は、夜勤など嫌がりますしね。あの娘《こ》が辞めて、おかげで私は、補充のための看護師探しで、苦労しているんです」

「三十歳で独身ということでしたが、以前に、結婚していたことは、ありませんか？」

「私の知る限りではありませんね。ただ、遺書にもあるように、特定の男性と付き合っていたようですね。将来は、結婚するつもりだったのかも、しれません。遺書によれば、手ひどい裏切りを受けて、ショックで、病院を辞めてしまい、自殺までしてしまったようですね」

と、柴田が、言った。

「男の名前を、お聞きになっては、いませんか？」

「いいえ、聞いてはおりません。そこまで、彼女のプライバシーに、踏み込むことはできませんからね。今になると、もう少し聞いておいたほうがよかったのかもしれませんね」

「佐伯明日香さんは、ここで何年勤めていたんですか？」

「七年にはなるんじゃないですかね。看護学校を卒業後、地元の山形《やまがた》市の病院に、勤めていたそうですが、東京暮らしを経験したいと、当病院の看護師募集に志願してきたのです。私が面接して、やる気のある優秀な女の子だと、わかったので、即決で採用したわけですよ。今まで、優秀な看護師として、真面目に勤務していましたから、多くの先生や患者さんから信頼されていました。病院長は、来年になったら、彼女を看護師長に昇進させようと思っていたようです。それだけに、今回の件は残念で仕方がありません」

と、柴田事務局長は、言った。

病院からの帰り道、亀井が言った。

「どうも、あの事務局長には、好感が持てませんんね。先日まで、勤めていた看護師が、亡くなったというのに、悲しんでいる様子は、まったく、感じられません。口では、残念だとか、優秀な看護師だったとか、言っていましたが、感情が入ってなく、冷酷な性格の持ち主に、思えますよ」

「私も、カメさんと同じように感じたよ。あれほどの大病院の事務局長だから、有名大学を出た、有能な人なんだろうが、応対があまりにも、事務的で、我々を小馬鹿にしたような印象を受けたのは確かだ。捜査に協力しようという気持ちは、全然、見当たらなかった。ひょっとすると、我々に知られたくないことがあって、事務的に応えていたとも、考えられるね。あの男とは、これからも会うことになりそうだ。秘密があれば、いずれ馬脚《ばきゃく》を現すだろう」

と、十津川も、言った。

2

十津川は、佐伯明日香が書いた退職願と遺書との二つを科捜研に送って、筆跡を調べてもらうことにした。

佐伯明日香の死体も司法解剖のために、大学病院に送られた。

科捜研からの返事は、一時間もしないうちに、もたらされた。

筆跡は二つとも、同一人のもので間違いないという。

それは、十津川が、予想したものだった。

司法解剖の方は、結果がわかるまでに半日以上がかかった。

十津川が、知りたかったのは、死亡推定時刻である。

それは、五月十日午前九時から十時までと知らされた。

天気について調べると、五月十日の午前十時頃から、雨が降り出したということだから、十津川の予想通り、飛び降りた後で雨が降り出したと見ていいだろう。

地元の警察署に捜査本部が置かれ、そこで、十津川は、山形から駆けつけた彼女の両親に話を聞くことができた。

父親の名前は佐伯勇夫《いさお》、母親の名前は民子《たみこ》である。

両親は、山形県の鶴岡《つるおか》市で、小さな旅館を経営しているという。両親とも、疲れ切った表情で、母親が、言った。

「明日香のほかには、兄弟がいないので、早くお婿《むこ》さんを貰って、家業の旅館を継《つ》いでもらえたらと、思っていたんですが、こんなことになってしまって――」

「明日香さんには付き合っていた男性がいたらしいのですが、ご両親は、何かお聞きになったことがありますか？」

「詳《くわ》しいことはわかりませんけど、明日香が二十七、八歳の時から、付き合っている男性がいると聞いたことがあります。たしか、普通のサラリーマンだということでした。それがうまくいかなくて、自殺したんでしょうか？」

と、父親が、聞く。

「まだ何も、わかっておりません。これから捜査を進めていけば、亡くなった理由が、わかると思います」

十津川が、言うと、母親が、

「明日香は、本当に、自殺したのでしょうか？　それとも、誰かに、殺されたんでしょうか？」

と、聞く。

「われわれは、自殺・他殺の両面で捜査を進めるつもりです。今は、どちらとも言えません。可能性としては、五分五分といったところです」

「しかし、明日香本人が、書いた遺書が、あるんですから、自殺なんじゃありませんか?」

と、父親が、言った。

「たしかに、明日香さんが、書いたと思われる遺書はありました。しかし、付き合っていた男の名前が、書いてないのです。その点が、どうにも、不自然だと思うのです。それがはっきりするまでは、他殺の線を、消すわけにはいかないのです」

と、十津川が、言った。

そのあと、十津川は、念のために、明日香の両親に遺書を見せ、彼女の筆跡に間違いないかと、聞いた。

「娘から、ここ数年、手紙を貰ったことなどありませんから、娘の字かどうか、わかりません。刑事さんも、おわかりだと思いますが、今時の若者は、スマートフォンで、連絡をしてきますからね。娘の書いたものと言われれば、そんな感じもしますし、娘の字じゃないと言われれば、そうかとも思いますよ」

と、父親が言い、母親も、肯《うなず》いた。

刑事たちは、マンションの管理人と、住人たちから、数年前から、同じ男性が、彼女の部屋を、訪ねてきたという証言を得て、十津川に報告した。

「何でも、背の高い、三十代の男だったそうですよ。その男は、一週間に一度くらいの割合で、彼女の部屋を、訪ねてきていた。泊まっていったこともあると管理人は、言っていましたから、親しく付き合っていた男がいたことは、間違いないと思います」

と、西本《にしもと》刑事が、言う。

「問題は、その男だな」

と、十津川が、言った。

佐伯明日香の死に、彼が関係しているかどうかは、今のところ、わからないが、その男が見つかれば、何かわかるだろうと、十津川は考えていた。

西本と日下《くさか》の二人の刑事が中央病院に行き、彼女の同僚の看護師や、医者に会って、男のことを聞いて回った。

二人は、同僚の看護師から、問題の男の名前と、思われるものを聞いてきた。

「同僚の看護師の話ですが、休憩している時、佐伯明日香が、男に、携帯をかけていたそうです。その時、相手の名前を、大西《おおにし》さんと呼んでいたというのです」

「しかし、その大西という男が、付き合っていた彼かどうかは、わからないだろう?」

「その点ですが、電話が終わった後、同僚の看護師が、明日香に向かって『今の電話、彼氏？』と冗談めかして聞いたら、明日香はニッコリして『ええ、いい人なんだけど、ちょっと、頼りないところがあって』と、言ったというのです。ですから、大西というのは、間違いなく、ここ数年、付き合っていた佐伯明日香の彼氏だと、考えていいと思います」

と、日下刑事が、言った。

「なるほど。わかった」

と肯き、大西という名前の男を、見つけることに、十津川は、全力を尽《つ》くすことにした。中央病院の職員の中にも探したし、彼女が住んでいたマンションの管理人にも、彼女が通っていた、美容室のオーナーにも、聞いて回った。

大西姓の男は、なかなか、見つからなかった。

聞き込みの範囲を広げていくうちに、佐伯明日香は、自分の着るものやバッグなどを買うのは、新宿のMデパートと決めていることがわかり、そこの婦人服売り場で、やっと、大西という名前を聞くことができた。

「半年くらい前だったと思いますが、佐伯明日香さんが、背の高い若い男と一緒に、来られたことがあるんですよ。その時連れの男性を、明日香さんが、大西さんと呼んでいたのを、覚えています」

と、女店員が、教えてくれた。

「ここに来たのは、その時だけですか？」

「いや、その後も何度か、おみえになりましたよ」

「大西さんのフルネームは、わかりますか？」

「ご覧のように、私の売り場は、女物専門店ですから、大西さん本人が、買い物をしたことはないので、わかりませんが、上の階の紳士服の店で、買い物をしたはずですよ。明日香さんが、私に話してくれたことがあるんですが、上の紳士服の店で帽子を買って、彼に、プレゼントしたと言っていました。その店なら、わかるかもしれませんよ」

と、教えてくれた。

十津川は、大西という男の、似顔絵を描いてもらった後、それを持って、一階上の紳士服売り場に、行った。アメリカやフランスなどから輸入したものを売っている店が並び、帽子の専門店もあった。

十津川が、似顔絵を見せて聞くと、売り場の女性が、

「ええ、このお客さんのことなら、よく、覚えています。たしか、若い女性が一緒にいらっしゃって、女性が男性へのプレゼントとしてフランス製のハンチングを予

約されましてね。一品もので、高級品なので、値段も高く、女性が持ち合わせがないと言うと、自分が払おうと言ったんです。女の方は、私のプレゼントだからと言って、予約だけされて、お帰りになりましたね。二日後、その女性が、一人で来られて、お買いになりました。その時の領収書と宅配便の控えが、残っているはずです」

と、その時の領収書と宅配便の控えを探してくれた。

送り先の名前が、大西博史《ひろし》となっていて、送り主は、佐伯明日香と、書かれてあった。

送り先になる大西博史の住所と携帯の番号も、載《の》っていた。

十津川は、すぐ、捜査本部に電話し、刑事たちに、この大西博史に会いに行けと指示した。

これで、大西博史が見つかって、彼から話が聞ければ、捜査は、大きく進展するだろう。そう考えて、十津川たちは、捜査本部に戻ったのだが、そこには、意外な知らせが、待っていた。

片山《かたやま》と田中《たなか》の二人の刑事が、十津川の指示を受けて、大田《おおた》区内にある大西博史のマンションに、急行していたのだが、

「昨夜、大西博史は、部屋の中で、青酸カリを、飲んで死亡していました」

と、片山が報告したのである。

「遺書はあったのか？」

「ありませんでした。ただ、死体のそばに、小さな記事ですが、佐伯明日香が死んだことが、載っている新聞が置いてありましたから、佐伯明日香の後を追った、自殺ではないかと、思われます。大西は長野《ながの》の出身で、大学卒業後は、大手製薬会社に就職し、営業部員として働いていて、三年ほど前に、佐伯明日香と知り合ったようです。管理人に明日香の写真を見せたところ、週に一、二度は、大西を、訪ねて来ていたと、言っていました。二人は、仲が良くて、相思相愛の関係に、見えたと証言しています」

と、田中が、言う。

直ちに捜査会議が開かれたが、その席で、三上《みかみ》本部長が、言った。

「場所は異なっているが、心中事件ということになるんじゃないかね？　恋人が、なんかの悩みがあって、マンションから、投身自殺した。それを知った男が、悲観して、毒を飲み、自死した。男が製薬会社の社員ならば、毒物を入手するのは、さほど、難しいことではないからね。これで、事件は解決ということになると思うが、何か疑問があるか？」

「形の上では、心中事件に見えますが、私は、殺人事件だと見ています」

と、十津川が、言う。

「殺人事件？　そう考える理由は何だ？」

「おかしいと思う理由の一つは、佐伯明日香の死因です」

「死因？　しかし、遺書も見つかっているし、筆跡も、佐伯明日香本人のものだと、わかったんじゃないのかね？」

「私が問題だと、思うのが、遺書が便箋に、手書きで、書かれていたということなんです」

「しかし、筆跡は、一致している。何の問題もないと思うがね」

「遺書は便箋に書かれて、机の上に置いてありましたが、同じ部屋に、彼女がよく使っていたと思われるパソコンが、ありました。勤めていた病院では、文書は、全てパソコンを使っていたと、事務局長が、言っているのです。それなのに、どうして、パソコンがあるのに、便箋に、手書きしたのでしょうか？　その点が、私には、不思議なのです。どうしても、彼女が書いたものではなくて、彼女を殺した犯人が、書いたものと、思わざるを得ないのです」

「しかし、佐伯明日香本人の筆跡と、断定されたんだろう？」

「たしかに、遺書の筆跡は、彼女が、提出した退職願の筆跡と、同じものでした。しかし、退職願を、彼女以外の人間が、書き、その人間が、遺書も、書いたとしたら、筆跡が、同じなのは当然なのです。佐伯明日香の死が、自殺ではないとなれば、大西博史の自殺も、疑ってみる必要があると思いますが」

と、十津川は、言った。

「佐伯明日香の親に、遺書の筆跡を確認して貰ったのか？」

「遺体を引き取りに上京した両親に、聞いています。父親も母親も、娘の筆跡かどうかわからないと言っていました。娘から手紙を貰ったことは、一度もなく、連絡は携帯だったと言っていました」

「君は、今回の事件は、場所と時間をかけた心中事件ではなくて、連続殺人事件だと考えるわけだね？」

「そうです。その可能性が、大きいのではないかと、思っています」

と、十津川が、言った。

「だとすると、佐伯明日香と、彼女の恋人だった大西博史の二人を、殺した犯人が、いることになる。二人の付き合いは、三年前くらいから、続いていたというんだろう？」

「その通りです」

「成人の二人を、面倒くさい方法で、殺したりするだろうか？　私には、その点が理解できないんだがね」

「しかし、現実に、そういうことが、起きてます」

「誰が、どんな理由で、佐伯明日香と、大西博史の二人を、殺したのか、わかるかね？」

と、三上が、聞く。

「今のところ、全くわかりません。私としては、少しでも疑問がある限り、この事件を、捜査したいのです」

「だからといって、何もわからずに、捜査を進めるわけにはいかないだろう？」

「私は、今回の事件については、その全《すべ》てに、疑いを持って、調べてみたいと思っています。例えば、佐伯明日香が、七年間勤めていた、渋谷の中央病院を、どうして、突然、辞めてしまったのか？　そのことについても、疑いを持って調べるべきだと、思っているのです」

「相手は、中央病院だぞ。日本でいちばん大きな病院だ。それに、政府関係者や、財界の大物が、病気になったとき、入院するのは、たいてい中央病院だ。君は、そんな病院が、何か、犯罪的な行為を、すると思うのかね？」

「可能性は、ゼロじゃありません。中央病院が、何かおかしなことを、やっているとすれば、これは、大事件だと思うのです」

「それで、ほかにも、何か疑問があるのかね？」

「実は、昨日から、中央病院の入り口を、北条早苗《ほうじょうさなえ》刑事に見張らせ、出入りする人間をビデオに録《と》らせています。結果は、どうでるか、わかりませんが、何かが見つかるかもしれません」

「たしか今、海路《かいじ》首相が、急に、体の調子が悪くなったということで、中央病院に、入院しているはずだよ。中央病院というのは、そういう、病院なんだ。そんな中央病院を、君は、疑うのかね？」

「イエスです。とにかく、二人の人間が、自殺に見せかけて、殺されているかもしれないのです」

3

捜査会議が終わると、十津川は、中央病院の入り口に向けて、カメラを回している北条早苗刑事に会いに行った。

北条刑事は、中央病院の前にある書店の二階を、借りて、そこで、カメラを回していた。

「何か変わったことがあったか？」

十津川が、聞くと、

「今のところ、これといって変わったところは、見られません。屋上に、ヘリポートがあります。今朝《けさ》がた、ドクターヘリが、やって来ましたが、十分ぐらいして、飛び立っていきました」

と、言った。

「誰か、急患を、運んできたのか？」

「しばらく見ていましたが、どうも、急患を運んできたという、あわただしい様子では、ありませんでした」

「患者を、どこか別の病院に運んでいったのか？　いや、それは、考えられないな。中央病院は最高の病院なんだからな」

「私も、そう思いますが」

「どうも気になるな。あたってみよう」

十津川が、亀井と、一緒に中央病院の中に、入って行き、先日、話を聞いた柴田という、事務局長に、もう一度、会った。

「朝方に、ドクターヘリが、やってきたようですが、急患を運んできたのですか？」

と、十津川が、聞いた。

「ドクターヘリは、年がら年中飛んでいますよ。私どもの病院では、急患も引き受けることにしているので、一日に、何度も患者が、運ばれてきますし、二十四時間、対応ですよ」

「いや、急患が、こちらに運ばれてきたのではなくて、この病院から、誰かを、運び出したということは、ありませんか？」

「そういうことは、ありません。ここは救急病院でもありますから、外から、急患が運ばれてきて、ここで、治療を受けるのです。今、警部さんは、ここから、患者を運び出したみたいなことを言われたが、いったい、どこの病院に、運んでいくというのですか？　この中央病院以上に、施設が整っている病院は、現在の日本には、ありませんよ。ですから、ここから、患者を、他の病院に運ぶということは、ありえません」

柴田が、自信満々な口調で、言った。

「わかりました」

と、十津川は肯いてから、

「たしか現在、この中央病院には、海路徳之《のりゆき》総理大臣が入院していますね？　総理大臣の症状はどうですか？」

「日々よくなってきていますよ。ここに運ばれてきた時は、ここだけの、話ですが、かなりの重症で、危険な状況でしたが、日毎に良くなっています。そろそろ、退院してもいいくらいです。ただ、念のために、あと半月くらい入院されることになると思いますが、総理大臣の病状については、何の心配も、しておりません」

柴田事務局長は、きっぱりとした口調で、言った。

十津川は、持参した、佐伯明日香の退職願を、ポケットから取り出して、柴田事務局長に返した。

「これをお返ししておきます。おかげで助かりました」

と、言ってから、十津川は、

「一応、お聞きしますが、この退職願ですが、佐伯明日香本人が、書いたものでしょうね？」

と、念を押した。

相手は、むっとした表情になって、

「もちろん、佐伯明日香さん本人が、書いたものです。われわれが、警察に、ウソをついても仕方ないでしょう。第一、佐伯明日香さんは、中央病院を辞めた人ですよ。その人についてウソをついたって、何のメリットもないし、何の必要もないと思いますがね。それに、佐伯明日香さんは、ここを辞めた後で、亡くなっているんですよ。つまり、亡くなった時、佐伯明日香さんは、ここの職員では、なかったんです。あなた方も仕事でしょうから、いろいろ調べるのは、結構ですが、そのこともしっかり頭に入れてから、調べていただきたいですね」

相変わらず、怒った口調で、柴田が、言う。

「もう一つ、この中央病院に入院している総理大臣について、お聞きしたいのです。病院の、何階の病室に、入院されているんですか？」

と、十津川が、聞いた。

「申し訳ありませんが、それについては、保安上のこともあり、お答え出来ません。一国の総理大臣ですから、一般の患者さんと同じ病棟、同じ部屋というわけにはいきません。病状や病名についても、詳しいことは、申し上げられません。どの病棟、どの部屋に、入院しているということも、申し上げることは、できないのです」

「総理大臣が入院していても、政務は一日も、休まないんですか？」

「さあ、どうでしょうか」

「どんな人が、総理大臣に、会いに来ていますか？」

「多くの政治家の方が、総理大臣に面会にみえていますよ。現在、副総理が総理大臣の代行として職務に当たっていることは、公表されていますが、難しい問題については、やはり、総理大臣の意見を、聞かなくてはいけないようで、頻繁《ひんぱん》に、みえています」

「入院中の総理大臣に、いつ、誰が会いに来たか、その記録も、取っていると思うのですが、そのメモを、見せていただけませんか？」

「そうした記録はきちんと、取っています。しかし、シークレットであり、外部に公表することなど、ありえません。かりに、総理大臣が、何らかの事件に、関係していると言われても、協力はできません」

これも、きっぱりと、柴田は、言った。

「現職の総理大臣が、入院しているわけですから、SPが何人も、ついているんじゃありませんか？」

と、亀井が、聞いた。

「入院している患者については、病院が責任を負うので、SPの必要はないと、申し上げたんですが、毎日二人のSPが、やって来て、病棟の警護に当たっていますよ。警視庁から派遣されているのですから、私より警部さんの方が、おわかりになっているんじゃありませんか？」

と、柴田が、薄笑いを浮かべて、言った。

「話が戻りますが、ドクターヘリですが、この中央病院の、所属ですか？」

と、十津川が、聞いた。

「そうですよ。この中央病院が、所有しているもので、パイロットも、ウチの職員です」

「そのパイロットに話を聞くことはできませんか？」

十津川が、言うと、柴田は、またむっとした顔になって、

「まさか刑事さんは、ドクターヘリのパイロットまで、疑っているんじゃないでしょうね？」

「そこまで疑ってはおりません。ですから、なおさら自由に話を聞きたいと思うのですが、ダメでしょうか？」

「現在、パイロットは勤務中です。五分後、あるいは十分後に、都内に急患が出れば、すぐに、飛んでいかなくてはなりませんから、今、話をするのは、無理です」

と、柴田が、言った。

十津川は、それ以上、パイロットについての追及はせず、礼をいって柴田事務局長と、別れた。ただ、すぐには病院の外には出ず、その足で、病院の地下に、降りていった。そこに、花屋も入っている筈だったからである。

見舞い用の花を、売っている花屋の主人に、十津川が、聞いた。

「この中央病院に、海路首相が入院していることは、ご存じですか？」

「もちろん、知っていますよ。総理大臣が入院した直後は、見舞い客が、押しかけてきて、大変でした。ウチで、見舞い用の花を作っていましたから」

「入院している総理大臣ですが、突然、ヘリで、どこか、別のところに、運ばれて

いったという噂があるのですが、聞いていませんか？」

と、亀井が、カマをかけて、聞いた。

客が入ってきたので、店の男は、見舞い用の花束を、作りながら、十津川たちに答えてくれた。

「そんな話は、何も聞いていませんよ。それに、総理大臣は、あと半月以上、入院した方がいいと、医者が発表しています。それなのに、退院したり、別のところに行くはずがないじゃありませんか」

と、花屋の主人が、言った。

花を買いに来ていた、中年の男が、

「総理大臣のお見舞いに、来たんだけど、どの病室にいるのか、知っていたら、教えてくれませんか？」

と、花屋の主人に聞いた。

「申し訳ありませんが、それは、秘密ということになっているようで、私も、わからないんです。総理の側近の方や、保守党の幹部など、少数の人だけしか、面会が出来ないと、聞いています」

「お見舞いの花束を、総理大臣の病室まで、持っていけないというのなら、あなたが、看護師さんにでも、頼んでくれませんか？　それならいいでしょう？」

と、男が、言った。

「それなら、お受けいたします」

と、花屋の主人は、言った。

十津川は、その男に向かって、警察手帳を見せ、

「失礼ですが、海路首相とは、どういうご関係ですか？」

相手は、一瞬ビックリした顔になって、

「私は、銀座《ぎんざ》で、寿司《すし》店をやっているんですが、海路総理は、時々、ウチに、寿司を食べにきて下さったんです。ですから、いっこくも早く、病気を治して、またウチに、寿司を食べに、来ていただきたい。それを伝えようと思ってきたんですが、どの病室にいるのか、秘密なら、花を届けていただくだけで、帰るよりほかに仕方がありませんよ」

と、言ってから、寿司店の男は、花屋の主人に向かって、

「もし、総理大臣の奥様に、お会いすることがあったら、よろしく、お伝えください。銀座の『寿司忠』という、寿司屋のオヤジだと言ってくだされればわかります」

と言って、帰っていった。

「今の男だが、銀座の『寿司忠』の主人だと言ったね？」

と、十津川が、亀井に言った。

「私は行ったことが、ありませんが、有名な店なんじゃありませんか？　名前を聞いたことがあります」

「それじゃあ、今晩の夕食は、そこにしよう」

と、十津川は言い、『寿司忠』の電話番号を調べ、予約の電話を入れた。

十津川と亀井は夕食を食べに、銀座三丁目にある『寿司忠』に行った。雑居ビルの一階にある寿司店である。

中に入ると、花屋で会った、店の主人がいて、笑顔で、十津川たちを、迎えた。

店内には、五枚ほどのサインの色紙が飾ってあったが、その中に、海路首相の名前もあった。

「最近でも、総理大臣は、ここにお寿司を食べにみえるんですか？」

「いや、最近は、ほとんど、おみえになりませんね。お忙しいのでしょう。ウチによく来られたのは、海路総理が、まだ新人の代議士だった頃から、防衛大臣や保守党の幹事長をなさっていた頃までですから、長い間、贔屓《ひいき》にしていただいています。奥様と、ご一緒に来られたこともあれば、側近の人たちと、おいでになったことも、ありますよ。総理になられてからも、二、三回、足を運んでくださったかと思います。温厚な人柄で、一度も、人を怒鳴ったり、叱《しか》ったりしたところを、見たことはありません。親しみやすい方で、私どもは、心から、尊敬しているんですよ」

「この壁に、貼ってある総理大臣の色紙ですが、かなり、新しいものですね」

と、亀井が、言った。

「その色紙は、古いものじゃありません。去年、ウチの店が、開業五十年を迎えたということで、官房長官が、わざわざ、総理大臣から、サインをもらって、届けに、来てくれたんですよ」

「どう思うね？」

と、主人が、言った。

と、十津川が、小声で、亀井に、聞いた。

「警部は、この店の主人も、疑っているのですか？」

「いや、どうもよくわからないというのが、正直なところなんだよ」

「警部らしくもありませんね。事件は、はっきりしているじゃありませんか。若い男女の心中か、心中に見せかけた殺人のどちらかで、われわれは、殺人の可能性が強いと見ている。簡単な事件だと思いますが」

「私も、最初は、そう思った。心中に見せかけているが、ボロが出ていて、犯人は、利口じゃないと思った。しかし、遺書を読むと、なかなか、良く書けている。その一方、便箋に書いて机の上に残しておくし、パソコンを置いて、自分の方から、疑われるタネを作っている。佐伯明日香を殺すことが第一で、心中事件にもっていったのは、後付けみたいな気がするんだ」

「犯人が、下手《へた》なおかげで、われわれは、殺人事件に気がついたんですから、よかったじゃありませんか」

「そうなると、本当の殺しの理由、動機ということになるんだが、カメさんは、どう思っているんだ？」

「これも、はっきりしていますよ。大西博史の方は、平凡な、サラリーマンですから、心中に見せかけて殺す必要は考えにくい。つまり、大西を殺すことが、最重要の目的ではなく、明日香殺しのついでに、殺されてしまったのでしょう。その点、女の佐伯明日香は、死ぬ直前まで、中央病院の看護師で、しかも、中央病院には、現在、海路首相が、入院しています」

「しかし、海路首相が、中央病院に入院していることは、誰でも知っている。ニュースになっているからね。佐伯明日香が、中央病院の看護師だったから、殺されたというのは、無理があるんじゃないか」

「中央病院の事務局長は、間もなく、海路首相は、退院できると、言っていますが、本当は、危篤《きとく》だったら、どうでしょうか？　中央病院のベテラン看護師の佐伯明日香は、それを、知ってしまった――。だから、口封じのために、殺され、恋人の大西も、明日香から、海路首相の秘密を聞いている恐れがあるので、ついでに消されてしまった」

「だから、二人とも、殺されたか、かね？」

「違いますか？」

「現在、日本は戦争中というわけじゃないからね。海路首相は、人気のある政治家だが、彼が入院してしまって、日本の政治が、危機に瀕《ひん》しているわけでもない。副総理の後藤典久《ごとうのりひさ》外務大臣が、現在、代理の総理で、きちんと、政治は動いているからね」

と、十津川は、言った。

「確かに、海路首相が、緊急入院した後、政治問題も、国際問題も、起きていませんが」

「それに、現在の与党が、衆議院、参議院の両方で、多数を占めている。次の総選挙でも、与党が、勝つだろう。こんな政治の安定期だと、総理大臣が、緊急入院したり、それが、危篤でも、政治状況が、ゆれ動いたりは、しない筈だよ。総理が危篤だったら、隠さずに、発表する筈だ」

「確かに、警部の言われる通りだと思いますが、そうなると、なおさら、今回の殺人事件が、誰が何のためにやったのか、わからなくなりますよ」

「私は、こんな風に考えているんだ。証拠は、なにもないんだが、この日本の何処《どこ》かで、何か恐ろしいことが、起きている。あるいは、起きようとしている。心中に見せかけた今回の殺人事件は、そのプロローグではないかと、考えているんだ。今のところ、証拠もなく、私の勝手な想像でしかないがね」

「その問題が、中央病院や、佐伯明日香と関係があると思われるんですか？」

「もちろん、そう考えた。だから、中央病院の事務局長に話を聞いたり、病院のことを知っている人に、当ったりしたんだが、何もわからない。海路首相が、緊急入院した以外、普段と変わらないというだけでね」

「警部は、どんなことが、起きている、起きようとしていると、想像されているんですか？」

「いろんなことを想像してみた。殺人、テロ、誘拐、スパイ戦争、暴動、仕組まれた事故、とにかく、様々に考えてみた。いつもなら、それに、連《つな》がるもの、反応するものが、浮かんでくるのに、今回は、何も浮かんでこない。例えば、テロを考えると、若者の無差別殺人が、想像できたんだが、今回は、それがない。そうなると、逆に、ますます不安になってくるんだよ」

「過去に、私たちが扱《あつか》った殺人事件や、強盗事件は、浮かんできませんか？」

「今回は、それがない」

「なぜですかね？」

「多分――」

と、十津川が、言った。

「これから起きようとしていることが、われわれが、今まで扱った事件より、何倍も、大きな事件かも知れないからだ」

4

その後、十津川は、海路首相担当のＳＰに、会わせてくれるように頼み込んだ。

紹介されたのは、二人の警官だった。一人は、三十代前半の、屈強な男で、山田《やまだ》と言い、もう一人は、三十半ばの長身の男で、長島《ながしま》と名乗った。SPは要人の身辺警護が任務だから、いざとなったら、身をもって、盾《たて》にならなければならない。柔剣道の有段者であり、格闘技にも、優《すぐ》れていて、身体も頑丈な男たちである。

「君たちは、中央病院で、海路首相の警護をしているSPだが、最近、変わったことはなかったかね？　君たちには、当然、守秘義務があるが、私は同じ警察官だから、君たちの立場が悪くなるようなことはしないので、安心して知っていることを、話してほしい」

と、十津川は、まず山田に、聞いた。

「私たちは、C病棟の入口で、監視しているだけで、病室にいる海路首相の、すぐそばに、付いているわけではありません。あの病院は、S警備保障会社と、契約しているそうで、常時、十人近い屈強な警備員が、配置されています。私たちは、彼等に協力して、不審者を見逃さないように、全力を、尽くしています。中央病院には、病棟がABCの三棟あり、総理が入院している病室は、C棟の最上階の特別室だと、聞かされています。ですから、その病室で首相と面会人が、どんな会話を、交わしたとか、首相の病状など、知る術《すべ》がないんです」

と、山田が答え、長島も、同意した。

「先日、中央病院勤務の看護師が、死んだという話は、知っているだろう。佐伯明日香という三十歳の女性だ。彼女を、C病棟で見たことはあるかね？」

「病院に、突然、辞表を出した直後に、マンションから、身を投げた女性でしょう。私たちが警備している、C病棟の看護師に、間違いありません」

と、山田は、答えた。

「私には、よく笑顔で『ごくろうさまです』と、声をかけてくれて、とても、印象が良かったので、悩み事があったとは、思えませんでした。自殺するなんて、信じられませんよ」

と、長島SPが、続けた。

「ところで、海路首相に面会に来るのは、どんな人物かね？」

「後藤副総理が、一日おきくらいに、高級外車で乗り付け、面会に、来ていました。ほかに、秘書なのか、派閥の若手代議士なのか、私には、判断できませんが、数人の面会者がいました」

と、山田が、答えた。

SPへの質問を終えると、十津川は西本刑事、日下刑事など、部下を呼び集めた。

「佐伯明日香たちの死の裏に、なにか、重大な秘密が、隠されているような気がして仕方がないのだ。君たちは、明日香の同僚の看護師に、聞き込みをやってほしい。恋人の大西博史の身辺も、洗ってくれ。どんな小さいことでも良いから、二人の言動に、なにか、おかしいところがなかったか、調べるんだ。事務局長の柴田の経歴も、知りたい」

佐伯明日香の聞き込みは、西本と北条早苗刑事が担当し、大西博史の調査は、日下刑事と田中刑事がやることになった。柴田事務局長の調査は、片山刑事が担当した。

半日経ち、夕方になって、日下と田中が帰ってきて、報告した。

「大西と親しかった岩田《いわた》という同僚の話では、大西が死ぬ一週間ほど前、仕事にまったく身が入らなかったと、言っています。なにかに、悩んでいるようで、いつものような、明るさが見られず、口数も少なく、暗い顔をしていたというのです。心配した岩田が『体調でも悪いのか？』と聞いたところ、大西は『付き合っている彼女が、職業上、耳に入れた情報のせいで、危険な状態にあり、心配しているんだ。僕がアドバイスして、解決できるような、単純な事じゃないので、どうしたら良いか、悩んでいるんだ』と答えたそうです。それ以上は、頑《かたく》なに口をつぐんで、なにも、しゃべろうとはしなかったと、言っています」

翌日、昼過ぎに、佐伯明日香を調べていた西本と北条刑事が、帰ってきた。

「警部に言われたように、柴田事務局長に、気づかれないように、関係者に聞き込みをやるので、時間がかかりました。勤務を終え、自宅に帰った看護師長を、捕まえて、話を、聞くことができました。島中由紀《しまなかゆき》という四十前後の、師長です。彼女の話では、佐伯明日香は、海路首相の特別室を担当していたといい、真面目で明るい娘で、気配《きくば》りもでき、看護師として、とても優秀なので、特別室の担当を、させたそうです。本人も、首相担当の看護師に、なったことを、喜んでいて、夜勤なども、愚痴《ぐち》ひとつ言わず、働いてくれていたそうです。ところが、亡くなる三日ほど前に、退職したいと言ってきたそうです。島中師長が理由を尋ねたところ『仕事が怖くなったので』と答え、それ以上のことは、なにを聞いても、落ち込んでいて、無言だったといいます。師長は必死になって、慰留《いりゅう》したが、結局、明日香は辞めてしまった。また、あとで、明日香が投身自殺をし、後を追うように恋人まで、服毒自殺をしたことを知って、『恋愛で悩んでいたのなら、私に、相談してくれれば、助けになれたのに』と、残念がっていました」

と、西本が、報告した。

「恋愛のこじれで、自殺したんじゃないよ。『仕事が怖くなった』という、明日香の言葉が、証明している。明日香は、海路首相の看護を、している時に、なにか、重大なことを、耳にしたか、目撃したんだろう。それで、口封じのために、殺されたんだよ」

「政争がらみの事件だとすると、うかつには動けませんね。私たちも、腹をくって、捜査に当たる覚悟が必要です」

「明日香が、特別室で知った秘密が、彼女の命を、奪《うば》ったんだろう。その秘密が、どんな内容なのか、それを突き止めたいね」

と、十津川は、強い口調で言った。

柴田事務局長の経歴を、洗っていた片山刑事からも、報告があった。

「面白いことがわかりました。柴田は後藤副総理の甥《おい》だとわかりました。国立大学を卒業し、中央病院の事務局員として、採用されたそうです。その際に、後藤副総理の口利きがあったと、噂されています。その後押しもあって、若い頃から、政治家や財界人に、顔が広く、病院側も彼の存在は、ありがたかったと言います。病気はもとより、なにか不祥事を犯した大物たちが、駆け込み入院する病院として、有名になっていったそうです。昔は、中規模の病院だったのが、柴田の尽力で、今では日本有数の大病院に成長した。後藤副総理のバックアップも、あってですが、柴田自身も、なかなかのやり手で、十年たらずで、事務局長に抜擢《ばってき》されています」

部下たちの報告を聞き終わって、十津川は、後藤副総理と、中央病院とに、深い繋《つな》がりがあることを感じた。政界のことは、テレビや新聞で、見聞きするぐらいで、関心もうすかったのだが、今は、現在の政治状況を知りたいと、思い始めていた。

海路首相とは、どんな政治家で、後藤副総理とは、何者なのか、もっと詳しく知る必要がある。そこに、事件解決のヒントが隠されているのではないかと、考えたからである。

5

十津川は、毎朝新聞の田島《たじま》記者に、連絡を取った。彼とは、大学の同窓であり、政界情報などを、教えて貰ったりすることが、幾度も、あった。その知識で、十津川が、事件を解決したことも多かった。

「十津川だが、君に教えて貰いたいことや、意見を聞かせて貰いたいことがあって、連絡したんだ。時間をとってくれ」

「明日の午後なら、時間がある。それにしても、君はいつでも、突然、電話してくるね」

と、田島が、笑いながら答えた。

翌日、十津川は、田島と、東京駅近くのホテルのロビーで、落ち合った。

「忙しいところ、すまない」

「君の強引《ごういん》さには、慣れているよ。ところで、いったい、なにを、僕に聞きたいんだ？」

「最近の、政界のことを、教えて欲しいんだ。海路首相が、入院していることは、君も知っているだろう。その病院に、副総理の後藤典久が、日参しているんだが、この二人、本当に仲が良いのかとか、保守党の勢力図を、教えてくれないか？」

「そんなことか。海路が、選ばれたのは、三年前の十月にあった保守党の総裁選だった。それまでの、四年間は、進歩党の政権だったが、保守党は、野党の一部と手を組み、政策協定を結んで、衆議院選挙に大勝したことは、周知の事実だ。しかし、保守党の内部が一枚岩かと言えば、そうじゃない。派閥は七つあるが、大別すると、保守強硬派、中間派、穏健派《リベラル》に分けられる。保守強硬派というのは、現在の憲法は、GHQに押し付けられたものだから、自主憲法の制定を主張し、自衛隊を軍隊にしたいと、望んでいる政治家たちのことだ。副総理の後藤は、政治家としては、まだ五十八歳の若さだが、このグループの中心人物だよ。祖父は終戦直後に、首相になった後藤喜三郎《きさぶろう》で、政治家の家系だ。自主憲法を制定することが、家訓だと言って、はばからない。彼は、今や、百数十人の衆参国会議員を、率いている、最大派閥の長なんだよ。

穏健派というのは、今の憲法を、尊重しながら、政策を遂行しようと、主張する政治家集団で、昔は、一大勢力だったが、昨今では、五、六十人の少数派になってしまった。ほかに、中間派の派閥が、幾つかあって、大きいのは、所属議員が七、八十名、小さなものは、所属議員が十数名というのもある。あとは、どこの派閥にも属さず、是々非々で、行動する無派閥議員が三十人近くはいる。一派閥で、過半数を取れるグループはなく、この七つの派閥が、合従連衡《がっしょうれんこう》して、総裁を選ぶ。そこで選ばれた議員が、総理大臣となるのは、君も知っているだろう。海路首相の派閥は、二十数名の議員の集まりで、本来、総裁を出す力は、ないのだが、最大派閥の後藤派が後押しして、三年前、総理の座を射止めた。リーダーの海路は、七十六歳と、高齢の上、十年ぐらい前に、大腸ガンになり、手術をしていて、体力的にも、衰えが見える。弱小派閥の彼が、総理大臣になれたのは、間違いなく、後藤典久が手助けしたおかげだった。

最大派閥を率いる後藤が、なぜ、海路を推したのか、当時、いろんな憶測《おくそく》が流れた。僕が保守党の長老議員から、聞いた話では、後藤と海路の間には、密約が、交わされていたというんだ。海路が首相になり、後藤が副総理に就《つ》く。二年後に、海路が体力の限界で、首相を辞任し、後藤を、後継者に指名するという内容だそうだ。後藤としては、党内の最大派閥の長とは言っても、突出した、右傾政治家なので、警戒される面もあり、党内の過半数の賛同を得ることは難しい。そこで海路を押し立て、とりあえず、陰で政治を動かそうと、していたわけだよ。

ところが、人間というものは不思議なもので、いったん、権力を手に入れると、居心地が良くなって、その首相の座を、手放したくなくなるものだよ。海路も、その例に漏れない。後藤が、いくら密約どおり、自分に、首相の座を渡せと迫っても、テコでも、動かないそうだ。もう一期やりたいと、言い出していて、後藤は、焦《あせ》りまくっていたが、そんな時に、海路が入院した。どうも、大腸ガンの再発らしいが、はっきりしたことは、わからない。そこで、後藤は、ここぞとばかり、海路に首相の座の禅譲《ぜんじょう》を、迫っているらしいよ。副総理の後藤は、海路の病室に、見舞いと、政務の報告という名目で、再三再四、出向いている。だが、本当のところは、海路に、首相の座を投げ出すように、説得しに行っているんだと、長老議員は、笑いながら言っていた。権力争いとは、かくも、恐ろしいものかと、僕は思ったね。海路は性格が温厚で、権力欲などなく、学者肌の政治家で、引退しても、おかしくない年齢なのに、いったん権力の頂点に立つと、少しでも長く手にしていたいと、思うんだろうね。

海路は、日本を、こう変えたいなどという、立派な政治信条があるわけではない。調整能力は抜群で、全ての派閥から、閣僚を任命し、敵を作らない。だから、この三年間は、波風立たず、やって来られた。そのため後藤も、動くに動けなかったわけだが、海路が入院したことで、好機が到来したと、思ったのだろう。なにしろ、後藤は、海路とは違って、祖父の時代からの家訓を、つまり、押し付け憲法を廃して、自主憲法を制定するという、強い政治信念を持っているからね。祖父と父親が、できなかったことを、自分が、やり遂げるのだという気持ちがある。後藤は、単に、名誉のために、総理大臣の椅子に、座りたいということではなくて、家訓を実現させるためには、自分が、最高権力を持たなければならないと、考えているのだ。今までの日本の総理大臣は、長くて二年、短いと半年で交替しているのは、誰もが知っている。政策を実現するなんてことは、時間的に無理だし、外国の首脳たちからも、相手にされてなかった。しかし、後藤は、自分が総理大臣になったら、長期政権を目指すと、言っている。外国にも、バカにされないように、それ相応の任務を果たしたいと、六年前に、出版した著書『我が信条』で、書いているんだ」

と、田島は、言った。

「後藤という政治家は、言われてみれば、今までの政治家とは、違うようだね。総理大臣になることが、夢ではなく、総理大臣の椅子は夢を、実現する手段と言っている」

「そう考えると、今までの愚鈍《ぐどん》な政治家たちとは違って、恐ろしい政治家だよ。彼が、権力者になれば、日本は、どんどん、右傾化していくだろうね」

「それだけの固い信念があるなら、どんな手段を使っても、首相に、なろうとするだろうね。人を殺すことだって、厭《いと》いはしないように、思えるが」

「本人が、人殺しをするとは、思えないが、祖父の時代から、関西の暴力団A組とは、昵懇《じっこん》の仲だという噂があるよ。今でこそ、ヤクザは、社会の敵とみなされているが、昔は、任俠《にんきょう》の徒として、市民の間に、入り込んでいたからね。政治家のボディガードとか、芸能人の地方興行など、一手に引き受けていたからね。後藤とA組とは、付かず離れずの、関係だと言う人もいるよ」

と、田島は、続けた。

「ありがとう。おかげで、見えてきたものがある。海路が入院している、中央病院の看護師が、死んだことは、知っているか？」

と、十津川が、聞いた。

「ああ、知ってるよ。病院を辞めたあと、失恋して、投身自殺をしたということに、なってるね。そして、恋人のサラリーマンまで後追い自殺をしたそうだな。君は、そこにキナ臭さを、感じ取ったわけか？」

「服毒自殺をした青年が、親しい同僚に、『彼女が、仕事の上で、重大な秘密を知ってしまい、怖がっている』と話をしていたというんだ。その看護師が、海路と後藤との会話を、盗み聞きしてしまったのではないかと、僕は、思うんだ。まだ、確証はないが、なにか、臭《にお》うんだよ」

と、十津川が、言った。

「中央病院と言えば、主に、政治家や、財界人、芸能人などの金持ちを、ターゲットにして、ここ二十年ぐらいで、大病院に、なった。創業者は、A国立大学の医学部を出た、福島英雄《ふくしまひでお》という男でね。この男は、医者としての才能よりも、経営者の才能が、あった。金持ちを相手に、ホテル並みの豪華な病室と、最新の、医療機器を備えて、最高の診察と治療を約束して、日本一と呼ばれるほどの、大病院にしたんだ。もちろん、患者の秘密は、いっさい、外に、漏れないように、厳重警備されている。政治家や財界人にとっては、病状が世間に知れると、致命傷になるからね。海路首相が、入院していることは、公表されているが、病状などは、まったく、明かされていないんだ。

ほかに、大物財界人や、有名芸能人が、入院しているという噂もあるが、真偽は定かではない。それほど、秘密性が、保たれているんだよ」

「週刊誌にも、狙われずに、入院生活を送れることが、患者たちに、好評なんだね。しかし、金はかかるだろうね」

「我々のようなものは、あの病院には、入院できないよ。知っているかい？　最近は、末期ガンの患者を、対象にした、ケアハウスが、あちこちに、設立されているんだ。患者が亡くなるまでの数ヵ月、痛みを和らげ、静かに、暮らせる仕組みだよ。しかし、このケアハウスに入るのも、大変なんだよ。前もって、病院の面接を受けて、パスしなければ、駄目なんだ。つまり、それなりの入院費を払える人でなければならないんだ。普通のケアハウスは、ある程度の金があれば、入院することもできるが、中央病院は、桁違いの入院費がかかると、言われている。患者は、日本のセレブといわれる、人たちばかりだそうだ」

「そうか。フランス料理や、中華料理を、出す病院があると、聞いたことがあったが、それが中央病院ということか?」

と、十津川が、笑った。

「君が、もっとも、関心を持つことを教えよう。この病院の創業者の福島英雄は、後藤副総理の父親から、資金調達や病院敷地の購入、あるいは財界人や芸能人の紹介など、あらゆる面で、支援して貰ったと、言われている。

福島と後藤の父親は、同じ中国地方の、山口県の出身だ。当然今の後藤副総理も、福島と密接に繋がっていると見るのが、普通だろう。十五年ほど前、後藤が、汚職容疑でマスコミに、騒がれたとき、心筋梗塞《しんきんこうそく》の症状が出たと言って、入院したのが、中央病院だった」

と、田島が、説明した。

「福島は、後藤一族の支援を得て、中央病院を大きくした。今や、日本各地に、中央病院の系列病院ができているのも、後藤一族の、おかげといえる。だとすると、福島と後藤は、一心同体と言っても良いわけだ。私が調べたところでは、やり手の事務局長を雇ったのも、後藤副総理の口利きだったそうだ。柴田と言う男だが、中央病院が大病院になったのも、彼の力が大きかったという話だ。つまり中央病院は後藤副総理の影響力が、大きいということだよ」

「そうだと思う。福島は、後藤副総理に、多額の政治資金を、提供しているという噂があるし、後藤もまた、中央病院の全国展開を、手助けしているという話だ。持ちつ持たれつだ」

「後藤は、体調不良の海路首相を、中央病院に入院させた。この病院だったら、海路の病気が、なんなのか、症状はどこまで進行しているのか、そういった海路のプライバシーは、全て福島を通して、逐次《ちくじ》、後藤は知ることが、できるというわけだ。後藤は、海路の病室を、頻繁《ひんぱん》に訪れて、総理大臣の禅譲を、迫っているんだろう。海路の病気が、末期だと、脅かしたか、あるいは、死ぬまで贅沢《ぜいたく》な生活を送れるように、面倒を見ると甘い誘いをかけていたか。その二人の会話を、看護師が偶然、聞いてしまった。そのことを知った後藤の取り巻きは、話が外部に漏れることを心配して、佐伯明日香を、消したんだ。念には念を入れて、彼女の恋人の青年まで、殺したに違いない。問題は、その証拠が、まだ、見つかっていないことだ。だが、なんとしても、その証拠を、僕は、見つけだすよ」

と、十津川が、言った。

「後藤は、危険な男だ。国会議員の多くは、総理大臣になることが、究極の夢だが、後藤は違う。彼にとって、総理大臣になることは、祖父からの念願である、世界から尊敬され、畏敬《いけい》され、世界のリーダーたる日本を創《つく》り出すための手段なんだ。その実現のためなら、どんな手も使うだろう。彼は、一つの、使命感を持っている。そこが戦後七十年間に、総理大臣をやった他の連中とは、根本的に違う。良い意味でも、悪い意味でも、彼は自分の信じる日本を、創り出すことに、命をかけているんだよ。強い日本、世界をリードする日本だ。そんな男を、敵にするからには、君も覚悟して、捜査しないと、いけないよ。君だけじゃなく、君の部下たちも、危険な目に、遭うかもしれない」

と、田島は、真剣な顔で、言った。

「わかった。気をつけて、捜査する。権力を手に入れるために、どんな手段を使っても、良いわけじゃない。犯罪が行われているなら、それを解明するのが、僕の職務だ。相手がどんな権力を持っていても、それは関係ない」

と、十津川は言い、続けて、

「話は違うが、野崎英明《のざきひであき》という男を、覚えているか？」

「覚えているよ。銀座のレストランで、三人で、食事をしたことがあったね。確か、祖父が東條英機《とうじょうひでき》暗殺計画に加わった、特高警官だったというので、僕も興味があったから、今でも、強烈な印象が残っているよ。若くして、両親を亡くし、祖父に育てられたと言っていたね。君と同じ警視庁の刑事で、暴力団担当だとも。あの時の印象は、正義感に燃えながらも、どことなく、孤独感が漂《ただよ》っていたように思えた。祖父に、影響を受けたのか、国を憂《うれ》え、社会を憂えるようなことを、口にしていた。今時、こんな人がいるのかと、驚いた記憶があるよ。その彼が、どうかしたのか？」

「実は、半年前に突然、辞表を出して、姿を消したんだ。不祥事を起こして、引責辞任をしたわけでもなく、周囲の者も、なぜ辞めたのか、皆目《かいもく》、わけがわからないと、言っている。一本気な男で、こうと思ったら、どこまでも、突っ走るのは、君も感じていたようだね。なんの確証もないが、今回の、中央病院の事件に、彼が関係しているんじゃないかと、心配しているんだ」

「結婚もせず、天涯《てんがい》孤独の独り身だし、いざとなれば、世直しのために、命を捧げても、悔《く》いはないと、言っていた彼の言葉は、強烈だった。もしかすると、君の推測は、当たっているかもしれんな。彼にとっては、今の政治状況を、正すのが、自分の使命だと考えたのかな」

と、田島が、言った。

6

十津川は、田島と別れて、捜査本部に戻ると、刑事たちを集めて、

「もう一度、綿密に、佐伯明日香と、その恋人、大西博史のことを調べて貰いたい。マンションの玄関にある監視カメラと、近くのコンビニにあるカメラに、不審者が映っていなかったのは、すでに確認しているが、もっと範囲を拡げて、調べてほしい。大阪《おおさか》の暴力団A組が、この殺人事件に関わっている可能性が高いと、踏んでいる。私は二人が、間違いなく、殺されたと、思っているんだ。犯人は、どこかに、その痕跡《こんせき》を残しているはずだ」

と、言った。

夜になって、日下や北条、西本や田中が、帰ってきて、報告をした。

「佐伯明日香の住んでいたマンションから、五百メートルほど離れた、パチンコ店の監視カメラに、事件の当日、大阪ナンバーのワゴン車が映っていました。野球帽を被り、黒メガネをした二人の男が、車から降り、店に入らずに、マンションの方

向に歩いていきました。その二人の男が再び、パチンコ店に戻ってきたのは、閉店間際の夜十一時頃で、駐車していた車に乗り、走り去った映像が残っていました」

と、日下が、言った。

「車のナンバーは確認できたかね？」

「はい、大阪堺《さかい》市のナンバーで、メモを取ってあります」

「大至急、大阪府警に連絡して、その車の所有者を調べてもらってくれ」

と、十津川が、言った。

翌朝、大阪府警から連絡が入った。

「問い合わせのワゴン車の所有者は、暴力団A組の山下清次《やましたせいじ》、三十七歳の男です。しかし二日前の早朝、その車は、羽曳野《はびきの》市のダム湖に転落して大破し、運転していたと思われる山下と助手席にいた二十代の男が、一緒に死亡しています」

「その若い男も組員ですか？」

「A組系列の二次団体に身を寄せている、準構成員で、いわば、『鉄砲玉《てっぽうだま》』の存在だったようです」

「本当に転落事故だったのでしょうか？　なにか、おかしな点は、ありませんでしたか？」

「どういうことでしょうか？」

「その死亡した二人の男は、東京での殺人事件の、犯人かもしれないのです。もしかしたら、口封じのため、消されてしまったということは、ありませんか？」

「さあ、どうでしょう。私たちの捜査では、崖の上からガードレールを突き破って、ダム湖に転落したとみています。二人の身体からは、大量のアルコールも検出されましたので、飲酒運転での事故だと思っています。別に、おかしな点は、見当たりませんでしたね」

と、電話で教えてくれた。

亀井から報告を受けた十津川は、

「カメさんの推測どおり、その二人は酩酊《めいてい》状態にされ、消されたんだと、考えてもおかしくない。後藤副総理は、昔からA組と深い繋がりがあることは、わかっている。後藤は、世間に知られてはマズい話を立ち聞きした、看護師の始末《しまつ》を、A組に頼んだのだろう。A組は二人の男を、鉄砲玉として、提供した。恐らく、巨額の報奨《ほうしょう》金が動いたのだろうね。ただ、僅かだが、もし佐伯明日香と野崎英明が同志だったとしたら、野崎が報復のために、二人の男を殺したことも、考えられるよ。確か、明日香の両親は、山形県に、住んでいる筈だから、父親の身辺を調べれば、なにか、糸口が見つかるかもしれない」

と、十津川は、言った。

「野崎さんが、今回の事件に、関係しているんですか？」

「カメさんも、彼の性格は、知っているだろう。育ててくれた祖父の影響を受けていて、常日頃から、日本の右傾化を憂いていた。いつだったか、一緒に飲んだ時、一命をなげうってでも、平和を守りたいと言ったのを、僕は聞いたことがある。今こそ、自分が動く時だと思ったとしたら、今回の事件に、関係があることも考えられる」

「警部、山形に行きましょう。ひょっとすると野崎さんと、佐伯明日香の繋がりが、見つかるかもしれません」

「私も、行くつもりでいたよ。確か、明日香の両親は、山形の鶴岡市に住んでいて、旅館を経営していると、聞いている」

7

翌朝、十津川は、亀井と二人で、東京駅から上越新幹線に乗った。鶴岡市に着いたのは、正午過ぎだった。

まっすぐ、鶴岡署に向かった。二人は、昨日、電話を入れ、佐伯勇夫と民子夫婦の下調べを頼んでいた。

署長室で、十津川たちは、古田《ふるた》という警部から、話を聞いた。

「依頼された件ですが、充分、調べ尽くしたというわけではありませんが、先ず、父親の佐伯勇夫です。地元の高校を卒業し、東京のS大学法学部を出ています。卒業後、自衛隊の幹部学校に入り、レンジャー部隊に所属していましたが、五年後に除隊しました。その後で司法試験に合格し、東京で弁護士をやっていたそうです。ところが、父親が急死し、母親を助けるために、家業の旅館を引き継ぎ、外国人旅行客を受け入れて、経営を安定させ、今に、至っています。三十三歳の時、市議会で汚職騒ぎがあり、市政刷新《さっしん》を訴えて、市会議員に立候補しています。正義感が強く、市民の圧倒的な支持でトップ当選をし、四期務めています。四十九歳の時、多選は弊害《へいがい》があると主張し、自ら立候補を取りやめています。そして、この五年間は、旅館の経営に、専念しているようです。妻の民子は、鶴岡の豪農の娘として生まれ、勇夫とは高校時代の同級生です。高校時代から、二人は恋人同士だったそうです。この夫婦には、明日香という一人娘がいて、地元の県立高校を卒業して、東京の看護専門学校に、進学しています。高校の同級生の話では、明日香は、その当時、大学生たちが立ちあげた平和運動に共鳴し、デモなどに積極的に参加していたそうです。父親の影響もあって、政治には、関心が、強かったようです。明日香は、看護学校を卒業した後、山形市の小さなクリニックに勤めていました。が、七年前に、東京の大病院に転職しています。同級生の話では、『東京で、最新の看護技術を学びたい』と、言っていたそうです」

「ありがとうございます。いろいろと参考になりました。佐伯勇夫の祖父については、なにか、ご存じですか？」

と、十津川が、聞いた。

「いや、この人は、三十年前頃、胃ガンで亡くなっていて、私たちは詳しいことは、わかりません。佐伯家がある地区の、公民館長をしている九十過ぎの森山《もりやま》さんという古老がいますから、なんなら、ご紹介しますよ」

と、古田警部が、言った。

十津川は、鶴岡署を後にし、古老に会いに向かった。

周囲を田畑に囲まれた大邸宅だった。森山は生まれてから、現在までの九十年間、地元一筋で、生き字引とも言われ、地区のことで知らないことはないと、噂される存在だった。

十津川は、森山に、警察手帳を見せ、

「森山さんは、この地区のことなら、なんでも、知っておられると聞いて、お伺《うかが》いしました。ここで旅館をやっている佐伯勇夫氏のお祖父さんのことを、ご存じなら、教えていただきたいのですが」

「佐伯勇三《ゆうぞう》さんのことでしょうか。亡くなって、大分たちますが、旧制高校時代は指折りの秀才と言われ、その後、特高警察に勤めておられました。これは本当かどうか、真偽のほどはわかりませんが、終戦直前に、戦争継続を主張する時の首相、東條英機暗殺計画に加わったという噂がありました。私は、郷土史家でもあったので、興味を待ち、真相を知りたいと、接触しました。東條暗殺計画は実在したが、同志の裏切りにより、失敗に終わったと聞きました。それでも、計画は発覚したが、処罰されることはなく、放免され、特高警察を辞めて、ここ地元に帰ってきて、叔父がやっていた旅館業を引き継いだと言っていました。『あの時、東條を暗殺していたら、終戦は早くなり、広島・長崎に原爆が落とされることもなかった。それだけが悔《く》やまれる』と、幾度となく、話されておりましたよ。精悍《せいかん》かつ実直な方で、嘘を言っているとは、思えませんでしたが、確証はないので、今まで、私の胸の内にしまって、他言はしていません」

「そうですか。人を殺《あやめ》るのは、許されないことで、私たち警官は、それを阻止する立場です。ドイツのヒトラー暗殺計画や、イタリアのムッソリーニ暗殺計画なども、実在したことは歴史の真実として、今日、語られています。日本でも東條暗殺計画が存在したことは、本当でも、今日、それを知る日本人は少ないでしょう。この三つの暗殺計画は、これ以上、戦争を続けさせず、国民の犠牲者を出させないために、練《ね》られたものだったといわれます。騒乱の時代なら、一人を殺すことで、何十万の人命が救われることもあったと思います」

と、十津川は、言い、亀井も頷《うなず》いた。

二人は、森山の屋敷を出た。

「カメさん、大きな手掛かりを得たよ。佐伯勇夫の祖父も、野崎の祖父と同じ特高警察だったんだ。しかも、東條暗殺計画の同志でもあった。ならば、野崎英明と佐伯勇夫とは、旧知の間柄だったろう。娘の明日香に、野崎の手助けをするように言っていたとしても、不自然じゃない」

「そうですね。少しずつ、事件の背景が、浮かび上がってきましたね。山形まで足を伸ばした甲斐《かい》がありました。これから、佐伯勇夫の旅館を訪ねますか？」

「もちろんだ。佐伯勇夫は、娘の明日香が東京で亡くなった時、娘が自殺したように装っていた。娘の遺書も偽造されたものだと、知っていたはずだ。明日香とは、長い間、連絡を取っていないと、証言していたが、嘘だと思う。恐らく、しょっちゅう、連絡を取り合っていたと、思うよ。当然、明日香が聞いた、海路首相と後藤副総理の会話も、知っていただろう。明日香が死んだ時、勇夫は、娘が殺されたと悟《さと》ったに違いない」

「佐伯勇夫に、真実を話すように、説得しましょう。警部のおっしゃるとおり、あの親子は、只者《ただもの》じゃない気がします」

と、亀井が、興奮気味に、言った。

二人は、旅館に向かった。大正時代に造られたという、瀟洒《しょうしゃ》な建物で、外国人観光客たちが宿泊していて、かなり繁盛しているという。

十津川が、玄関に入ると、応対に、出て来たのは、二十代の女性だった。

「佐伯勇夫さんは、おられますか。私たちは、東京の警視庁の刑事です」

「少々、お待ちください。女将《おかみ》さんを呼びますから」

若い女性は、刑事と聞いて、緊張した顔で足早に、部屋の奥に、消えた。しばらくして、

「女将の佐伯民子です。先日は、娘のことで、お騒がせいたしました」

という女将の、物おじしない態度に、十津川は、びっくりした。東京の捜査本部に、娘の遺体を引き取りに来た時と、まったく違って見えたからである。

「前回、お会いした時は、詳しいお話を聞けなかったものですから、改めて、ご主人に、お聞きしたいことがあり、訪ねてきました。是非、お目にかかりたいのです」

十津川は、丁寧に、頼んだ。

「残念ですわ。主人は、娘の葬儀を終えた翌日、突然、行方不明になってしまいました。子煩悩《ぼんのう》な人でしたから、一人娘が死んだことに、耐え切れなかったんだと、思います。夫がいれば、刑事さんのお役に立てましたのに」

と、民子が、申し訳なさそうに、言った。

「失踪《しっそう》されたわけですか。でしたら、警察に捜索願いを出されましたか？　自殺する恐れも、考えられますからね」

と、亀井が、いらついた声を出した。

「いえ、主人は本来、明るい性格ですから、気持ちが落ち着けば、帰ってくると、思っています。若い頃にも、何度か、いなくなったことかありましたが、二、三ヵ月で、帰ってきました。恐らく、今回も、どこかひなびた温泉地に、長逗留《ながとうりゅう》しているんじゃないでしょうか」

と、民子は、言った。

「どこの温泉か、心当たりはありませんか？」

「主人は、若い頃から、全国の温泉地巡りが、趣味でしたので、今頃は、九州か、山陰の温泉地にでも、いるかもしれませんね」

と、民子は、はぐらかすように、答えた。

「わかりました。もし、ご主人から、連絡があったら、警視庁の十津川が、お話を伺いたいと言っていると、伝えてください」

8

十津川と亀井は、東京に戻ることにした。その新幹線の中で、

「娘が亡くなって、一ヵ月も経っていないのに、今度は、夫が行方不明になっている。普通の女性なら、取り乱すのが、当たり前だ。しかし、泰然自若《たいぜんじじゃく》としているのは、よほど胆《きも》の据《す》わった女性なのか、亭主の行動は、想定内ということなのか」

と、十津川は、首をかしげた。

「したたかな女ですよ。私たちの問いに、まともに答えず、はぐらかしていました。亭主が姿をくらませたのは、夫婦合意のことだと、思います」

「だとすると、娘が殺されたことを契機に、世直しのために、野崎英明と、行動を共にしたと、推測できなくもないな。戦時中佐伯の祖父が、東條暗殺計画に関与していたことは、はっきりした。カメさんは、暴力団担当だった野崎英明のことは、詳しくは知らないだろう。彼の祖父も、東條暗殺計画に参加しているんだ。彼は、その祖父に育てられ、薫陶《くんとう》を受けてきた。この年齢まで、独身を通し、正義感の強い男だった。この野崎が、半年前、突然、辞表を出して、連絡が取れなくなっているのは、君も知っている筈だ。こうなると、佐伯と野崎の間に、なんらかの接点かあるという、予感がするんだ。いや、東條暗殺計画の時と、同じように、政界や財界の大物が、フィクサーとして存在し、彼らが、資金を出し、実行犯グループとして佐伯や野崎たちを、動かそうとしているかもしれない」

「今まで、野崎さんとは、一緒に仕事をしたことはありませんが、理由も言わずに、辞表を出されたことは聞いています。警部と野崎さんの会食に同席して、お祖父さんの話が出たことを、覚えています。それにしても、実行グループとは、なんですか？　現在の、海路首相を、暗殺するということですか？」

「いや、海路は、保守党の、各派閥の均衡の上に成り立っている首相だよ。海路を操《あやつ》っているのは、後藤典久副総理だ。友人の田島記者に聞いて、わかったのだが、後藤は、保守党の最大派閥のリーダーだ。政治家としては、まだ五十代で、若い部類に入るが、そんな彼が、派閥を率いているのは、三代続いているエリートの後継者だからだ。祖父の後藤喜三郎は、戦中に軍部に協力した大物政治家で、戦後は戦犯として巣鴨《すがも》刑務所に入っている。後に、特赦を受けて、政界に復帰し、現在の保守党創立者の一人だと、言われているんだ。父の後藤徹平《てっぺい》は、財務大臣や外務大臣を歴任し、総理大臣の椅子を目前にして、肺ガンで亡くなっている。従って、後藤典久にとっては、総理大臣になることは、三代を通した夢なのだ」

「つまり、保守本流のサラブレッドというわけですね」

「そうだよ。政治家にとっては、血統が大事なんだ。世襲《せしゅう》政治家が、多いのが、その証拠だ。一部の有識者が、危惧《きぐ》しているのは、後藤副総理の三代にわたって引き継がれた政治信条だというのだ。明治から太平洋戦争の終わりまで続いた、富国強兵政策や、世界に畏怖《いふ》される軍事大国を再び創り出そうという、時代錯誤の妄想《もうそう》に取りつかれていて、その実現のために、総理になろうと考えている、その恐ろしさだというのだよ」

「確かに、日本がだんだんと、右傾化しているというか、保守化しているような気がしますね。周辺国とは領土問題があるのに、七十年間、なんの進展も見られない。これも日本の軍事力が弱すぎるからだという主張は、不満を募《つの》らせる人たちには、受け入れられやすいでしょうね」

「いつの時代も、愛国心に訴える方法は、効果的だからね。しかし、力に対して力で対抗するのは、対立がエスカレートすることはあっても、平和を守ることには繋がらないと思うね。今までの政治家は、半年でも、一年でも良いから、総理大臣になってみたいというのが、多かった。バカにされたが、それだけ総理大臣が、次々と変わっても、日本は経済的に発展したし、平和だったんだ。でも、今、世界中で、経済が低迷し、至るところで、テロが発生している。難民問題も大変だし、経済格差も、大きな問題になっている。日本だけじゃなく、世界中が揺れ始めているんだ」

「そうなると、後藤典久のように、自信満々で、対外的に強く出る政治家が、支持を集めるということですか」

「こんな時代には、人々は、強い政治家に魅力を感じるんだよ。信念のある政治家というわけだね。しかし、そんな政治家の出現を、心配する人も、少なからず、いるものだよ。私には、佐伯や野崎と、二人の仲間たちが、そうだと思えるんだ。この人たちは、私たちとは、較《くら》べようもない危機感や、不安感を持っているんだと思う」

「古い日本に戻させない。そのためには、人を殺しても、いいということですか？　まさか、野崎さんたちは、後藤典久を殺そうと、しているんじゃないでしょうね」

「今の段階で断定できないよ。何パーセントかの国民が、後藤が総理大臣に、就任するのを、阻止しようとしていることは、充分、考えられるね。殺人まで考えているかどうかは、わからんが、もし、そうだとしたら、われわれは、それを見逃すことはできない。たとえ、野崎たちが、日本を救うためだと、言ってもね。殺人は決して許されないからだ」

と、十津川は、きっぱりと、言った。

「これから、どう捜査をすすめますか？」

と、亀井が、聞いた。

「なんとか、野崎を探し出したい。彼と私の間には、警視庁の同期という以上に、信頼関係があり、ウマが合ったんだ。彼が、犯罪者になるのを、見過ごすことはできないんだよ」

と、十津川が、真剣な表情で、答えた。

「わかりました。私は、姿を消した佐伯勇夫を追ってみます。犯罪者でもなく、家族から行方不明の捜索願が出ているわけでもないので、公開捜査はできませんが、秘密裏に管内の警察署に、手配書を出してみます」

と、亀井が言った。

第二章　幻の東條《とうじょう》首相暗殺計画（昭和十九年）

1

十津川は、同じ人間に、何回も、携帯をかけた。

しかし、つながらない。呼び出しているのだが、相手が、電話にいっこうに出ないのだ。もうこの電話は、使っていないのか？

十津川が、電話をかけ続けている相手は、毎朝新聞の田島記者との話の中で、出てきた、野崎英明である。十津川と同期で警視庁に入った人間だ。入庁後、十津川は、一課に配属されたが、野崎の方は暴力団を担当する四課だった。

野崎は頭が切れ、正義感が強く、後輩の刑事たちにも慕われていて、体も頑健だったので、捜査四課のエースと、呼ばれていたが、なぜか突然、半年前に、警視庁を退職したのである。そして消えた。

十津川が何回かけても、電話は、いっこうにつながらなかった。

十津川は、自分では、野崎とは、親友のつもりだった。

気が合ったし、二人だけで、よく、旅行もした。野崎は、独身の方が気楽だと言っていたが、十津川の結婚式には、友人代表の形で、出席してくれた。まさに、無二の親友だった。刑事としても、優秀で、ある意味、十津川が、畏敬《いけい》してやまないよきライバルでもあった。

その模範的な刑事の彼が、突然、警察を辞めることになるとは、思っていなかったし、辞めるような時には、当然、相談してくれると思っていた。

それが、突然の退職だった。ただ、その形は、正確にいえば、失踪《しっそう》だった。ふいに、退職したと知って、電話をしたが、つかまらない。住んでいたマンションに行ってみたが、すでに引っ越していて、行先もわからなかった。

共通の友人に当たってみたが、十津川と同じく、突然の退職に驚いていたし、行先を知らないのも同じだった。

群馬《ぐんま》県高崎《たかさき》の生まれで、両親はすでに亡くなっていて、地元には、遠い親戚《しんせき》がいたが、野崎との付き合いもなく、警察を辞めたことを知らなかった。

当然、十津川は、野崎が、仕事上で、大きなミスをして、辞めたことも考えてみたが、いくら調べても、それらしいミスは、見つからなかった。

他に考えられるのは、女性関係か、借金である。十津川は、この二つについても、調べてみたが、空振りだった。

つき合っていた女性がいたが、そのことで、警察を辞める理由は作っていなかった。借金も同じだった。競馬で賭けることは、やっていたが、それで借金は作っていなかった。

競輪も、パチンコも、つまらないといって、手を出していなかった。

酒の方は、飲むのは、いつもビールで、泥酔《でいすい》しているのを、見たことがなかった。そのビールも、太り気味なので、アルコール・ゼロのビールにすると、言っていたのだ。

「おかしいな」

と、呟《つぶや》くと、それに気付いて、亀井が、

「今、警部が電話をされているのは、例の野崎さんですか？」

「そうだよ。私が探している野崎だ。ずっと電話をしているんだが、通じないんだ」

「警部は、昨日から何度も、何かおかしいと繰り返されていますが、おかしいというのはやはり、中央病院に入院している、総理のことですね？」

「その通りなんだ。さっきも言ったが、今、何かが起きているか、もしくは、起きようとしているとしか、思えないんだ」

と、十津川は、言う。

「今朝、新聞を読みましたが、入院中の総理大臣について、何も書いていませんよ。何かおかしなことがあれば、総理大臣の周辺に、何らかの動きが、出るんじゃありませんか？」

「たしかに、カメさんの言う通りだ」

「私は、警部の言葉が気になったので、新聞をチェックしていますが、これといったニュースは、出ていません。現在、副総理が代行していますが、別に、何の問題も、起きていないようです」

「私も、新聞やテレビのニュースに、注意しているが、たしかに、表立って、変わったことは、何も起きていないようだな」

「野崎さんですが、お祖父さんが戦時中、特高の幹部だったと、警部が、おっしゃっていましたね？」

と、亀井が、聞く。

「その通りだよ。戦時中、彼の祖父さんは特高にいた。特高も警察だから、私たちの、先輩といってもいい。私は、二、三年前に、祖父の英太郎《えいたろう》氏が、もし特高時代の日記か手記を遺《のこ》していたら、一度見せて欲しいと、野崎に頼んだことがある。彼は『そんな物が、遺品の中にあるかどうか、調べてみるよ』ということで、話が終わったんだ。その後、彼からは、何の話もなかった。当時の特高と言えば、必ずしも、評判の良い存在でもないし、記録や手記があったとしても、野崎としては、祖父の名誉のために、公表したくないという気持ちが、強かったのかもしれない」

「野崎さんが、警視庁を辞める一年前に、私は、警部と野崎さんと、食事をご一緒したことがありましたね？」

と、亀井が、言う。

「そうだったな」

「私の記憶が正しければ、野崎さんは、海路首相になってから、憲法を変えようという動きが出てきて、危険な兆候《ちょうこう》が、現れていると、憤慨《ふんがい》されていました」

「ああ、彼は、日本が戦後七十年間、平和で、戦争に巻き込まれなかったのは、平和憲法、中でも、戦争放棄を謳《うた》った九条のおかげだという、考え方をしていたね。

だから、近年の、政治の右傾化に、不安を感じていたようだね」

「その時に、野崎さんが、お祖父さんのことを、いろいろ話されたのを、思いだしているんです。戦時中の特高というのは、いわば、思想警察で、主として、共産党員や、無政府主義者を取り締まっていたんですね。体制側に属していたわけでしょう。野崎さんのお祖父さんは、その特高の刑事だったんですが、戦争末期になると、同僚二人と一緒に、時の首相、東條英機の暗殺計画に、参加していたと聞いて、面白いことがあるんだなと、思いました。それで覚えているんです。私は、東條英機という人物を、よく知らないんですが、野崎さんの話では、当時、首相の他に、陸軍大臣、軍需大臣、それに、陸軍の参謀総長も兼《か》ねていて、強大な権力を持ち、戦争遂行《すいこう》の首謀者だったので、和平を願う人たちの中から、東條暗殺計画が生まれたと、野崎さんは、言っていましたね」

と、亀井が、言った。

「私も戦後の生まれなので、戦時中のことは、本で読むしかないんだが、今、カメさんが、言ったように、戦争末期の昭和十九年頃には、日本の敗北が必至《ひっし》なので、政治家や、軍人の中には、対戦国のアメリカ、イギリス、中国と、和平を考える人が出てきた。ところがその時の東條首相は、あくまでも、戦争の継続を主張して、和平派の要人を、憲兵を使って、逮捕して、刑務所に放り込んだ。和平派の人たちは、東條首相が、国の政治、軍事、経済まで握っていたのでは、和平に持っていくことは、できないと考え、東條首相暗殺計画が、生まれたんだ」

「誰が、その計画を、たてたんですかね？」

「私が読んだ本では、鳩山一郎《はとやまいちろう》、戦後首相になった吉田茂《よしだしげる》、首相経験者の近衛文麿《このえふみまろ》、そして、何人かの皇族、こういう人たちが、集まって、計画を立てたのだが、これでは、暗殺の実行者がいない。そこで、特高の刑事だった野崎さんのお祖父さんたち三人が、この暗殺計画に、実行者として、選ばれたんじゃないかね。それに、警察なら、東條首相に近づきやすいこともあったんだと思うね」

「東條首相には、憲兵が付いていたわけでしょう。東條の憲兵政治というのは、有名だったといいますから。この憲兵と、野崎さんのお祖父さんがいた特高とは、仲がよかったんですかね？　国民から見れば、どちらも自分たちを、取り締まる相手ですが」

「片方は、軍隊で、もう片方は、警察だからね。仲がよかったとは思えない。なにしろ、交通信号機事件があったくらいだからね」

「それは、なんですか？」

「戦前だが、交差点で、交通整理をやっていた警官が、止まれなのに、平気で渡ってくる陸軍の兵士を見つけて、注意した。ところが、軍人に命令したというので、兵士は怒り、警官も引かずに、大騒ぎになって、最後は、陸軍大臣と警視総監の、話し合いまでになった。それだけ、仲が悪かったんだよ」

「それなら、野崎さんのお祖父さんたち三人の特高が、東條首相暗殺計画に、参加したことも、理解できます。この計画は、実行されなかったので、幻の暗殺計画と、言われるそうですね」

と、亀井が、言った。

2

この東條暗殺計画は、現在十津川たちが、捜査している事件とは、一見、無関係に見えるのだが、祖父を尊敬している野崎が、祖父と同じように、昨今の政治の右傾化を危惧し、義憤《ぎふん》を感じて、なんらかの強硬手段に訴える心配もあった。海路首相が入院している病院の、看護師が殺されたことに、野崎が関与している証拠はないが、十津川には、かすかな不安があった。中央病院の看護師の死は、明らかに殺人事件であり、海路首相や後藤副総理と関連があると考えるのは、自然なことだろう。

十津川の脳裏《のうり》に、野崎の顔が、浮かんでは消えた。

「警部は、やはりこれから起こるかもしれない、政争がらみの事件に、野崎さんが、何らかのかかわりがあると、思っているんですか？」

「半年前、野崎は、警視庁を辞めた時は、なにか特別な事情があるんだろうと思い、いずれ、落ち着いたら、慰労会をやってやろうと、考えていたんだ。今度の事件が起きて、もしかすると、野崎が、関係しているのでは、と思ってね。もちろん、確証はないんだが、嫌な予感がするんだよ」

と、十津川は、言った。

野崎が事件にかかわっていないとしても、できれば、一度、顔を合わせて、彼の意見を聞いてみたかったのだ。

現実の事件は、壁にぶつかっている。

その壁の正体が、わからないのである。だからというのは、おかしいかもしれないが、なおさら、十津川と亀井は、戦争末期に起きた東條首相暗殺計画に興味を持った。

だが、十津川も、亀井も、戦後の生まれで、実体験がない。そこで急遽《きゅうきょ》、国会図書館から、太平洋戦争関係の本や資料を借りてきて、それに眼を通しながら、十津川班の、若い刑事たちを集めての討論になり、推理になっていった。知らないことが多いので、かえって楽しいものになった。

「東條英機という人は、太平洋戦争の開始直前に、総理大臣になっている。当時というのは、昭和十六（一九四一）年だが、アメリカとの戦争に突入するのか、それとも、戦争を避けて和平に向かうのか、日本も世界も、剣《けん》ヶ峰に立たされていた。当時、アメリカに対していちばん強硬だったのは、陸軍だったが、陸軍大将を総理大臣にすれば、逆に、陸軍を抑えられるのではないかと考え、天皇も重臣たちも、東條陸軍大臣を総理大臣にすることに賛成した。もともと天皇は、軍人たちが、勝手に軍を動かしたり、大事なことを、報告してこないことに、怒っておられた。その点、東條英機という男は、細かいところまで、いちいち、天皇に上奏《じょうそう》し、相談してから、実行に移していた。それまで、軍人に対して、不信感を持っておられた天皇は、東條は、細かいことまで、報告してくるので、彼ならば、アメリカとの戦争が避けられるのではないかと期待されたと言われている。それでも、結果的に、東條総理大臣の時に太平洋戦争が、始まってしまった。ところが、緒戦は大勝利の連続だった。海軍は、ハワイの真珠湾《しんじゅわん》を急襲して、大戦果を挙げたし、陸軍は、一斉に東南アジアに侵攻して、あっという間に、東南アジアのインドネシア、マレーシア、ビルマ（ミャンマー）、北ベトナムなどを完全占領してしまった。時の総理大臣は、東條英機だから、その人気たるや、ものすごいものだったといわれている。とにかく、国会で、東條首相が、戦況について報告演説をすると、十分ごとに、大拍手が、起きたというからね」

「その頃、東條首相は、どんな演説をしていたんですか？」

と、亀井が、聞く。

戦争を知らない若い刑事たちも、聞き耳を立てている。

十津川は、手帳を取り出した。今度の事件が起きてから、東條英機についても、いろいろと、調べていたのである。

「例えば、こんな演説を、開戦の翌年の、昭和十七年二月十六日に、衆議院の本会議でやっている」

と、十津川が、言った。

「『かしこくも宣戦の大詔渙発《たいしょうかんぱつ》せられまするや開戦劈頭忽《へきとうたちま》ちにして米英艦隊の主力を屠《ほふ》り、わずか二旬にして香港《ホンコン》を、三旬にしてマニラを、而《しこう》して七旬を出《い》でずしてシンガポールを攻略し、ここに米英両国の多年にわたる東亜侵略の三大拠点をあげて、我が占領する所となったのであります。今や皇軍は人類史上未だかつて見ざる大規模な作戦に従事しつつあるのであります』。これが、その時の演説だが、これを聞いた大木操《おおきみさお》という衆院書記官長が、次のように、反響を書いている。『満堂の万雷の拍手と共に、口々に叫ぶ歓声は、議事堂をゆるがすばかりの勢いであった。わずか二十分くらいの発言中、一息つくごとに、何と、四十回に近い拍手と歓声がわき上がるという異常風景で、その興奮のうちに、皇軍に対する感謝決議をして散会した』とね」

「その演説が、昭和十七年二月十六日なんですね？」

「そうだよ」

「それが、昭和十九年には、暗殺計画の標的になっている。二年しかたっていませんよ」

「それだけ、日本の敗北が、早かったんだ」

「しかし、東條英機は、何といっても、時の総理大臣でしょう」

「それに、陸軍大臣、軍需大臣、大本営参謀総長を兼ねていた。自分に権力を集中させていたんだ」

「それなのに、暗殺の的になるなんて、何も抵抗しなかったんですかね？」

「いや。逆だ。東條英機は、絶大な権力を使って、さまざまな手を打っている。第一が政治工作だ。長らく選挙が行われなかったが、昭和十七年四月に、戦勝で人気のよいのを利用して、総選挙に踏み切っている。この選挙は、いわゆる翼賛《よくさん》選挙で、政府の作った翼賛政治体制協議会が、定数一杯四六六名を推薦する。この候補者には政府から一人当たり六千円を与えられ、非推薦候補に対しては、露骨《ろこつ》な選挙干渉が行われた。その結果、推薦候補は、三八一名が、当選し、これは、八一パーセントというから、一党独裁と同じだよ。第二は、国民生活だ」

「亡くなった祖母の話では、戦時中は、何でも、配給制で、それも、なかなか手に入らなかったと言っていました」

と、日下刑事が、言う。

「太平洋戦争の前年の昭和十五年から、砂糖とマッチの配給制が始まっていたが、開戦の年の昭和十六年から、米も配給制になった。それも、次第に、米にイモや穀類が、混《ま》じるようになり、敗戦直前には、米の分量が六六パーセントになってしまった。着るものも、配給制になった。正確にいえば、切符制だ」

「切符制というのは、どういう制度ですか？」

「例えば、都市生活者には、百点が与えられる。一方、背広は五十点、学生服四十点、婦人ワンピース十五点、モンペ十点、シャツ十二点、ハンカチ一点、タオル三点と、決められる。成人男子が、背広二着買うと、百点になって、他のものは、何も買えなくなるんだ。そのうちに、店頭から、全てが消えてしまって、点数を持っていても、何も買えなくなったんだ。その他、銃の製造が間に合わず、竹槍《たけやり》を作らせたりしている。徴兵年齢も、十七歳に引き下げられ、中学校の授業も中止になり、生徒たちは、軍需工業で働くようになった」

「そうなってくると、国民の人気も低くなってくるんじゃありませんか？」

「確かに、国民の間に、東條首相に対して、批判が生まれてくるようになった」

「それでも、東條首相は、辞めなかった。そこにどんな力があったんでしょうか？」

「私が調べた限りでは、三つの理由があったようだ。第一は、宮中対策だ」

「宮中というと、天皇陛下のことですか？」

「昭和天皇の弟君の皇族たち、それに、明治以来の重臣たちだ」

「天皇は、東條首相を信頼されていたんでしたね？」

「私の考えでは、天皇は最後まで、東條を信頼されていたような気がする。天皇の言葉として『元来、東條という人間は、話せばよくわかる』とか、『東條は、一生懸命仕事をやるし、平素言っていることにも、思慮《しりょ》があって、なかなかいいところがある』と言われたと記録されているんだ」

「皇族方は、東條とどうだったんですか?」

「例えば、『細川日記』の中に、こんな言葉がある」

と、十津川は、次の記録を、言葉にした。

「『宮内省奥向きには、東條礼讃《らいさん》者がいるが、それは、彼が付け届けが極めて巧妙なるためなり。例えば、皇族の何人かに、東條が秘かに自動車を献上《けんじょう》し、枢密院顧問官には、会う度に食物、衣服等のお土産あり。中に、それぞれ、イニシャル入りの万年筆等も入っていたり、また牧野伸顕《まきののぶあき》元内大臣のところには、今もなお贈り物ある由』と書かれているんだ。同じように、昭和十七年十二月の東久邇《ひがしくに》宮の日記にも、『この度、陸軍大臣より、各皇族に自動車をさしあげることとなり』とあって、この日に、陸軍省関係者から、アメリカ製の自動車が、実際、届けられているんだ」

「戦時中にアメリカ車ですか?」

「日本陸軍が、インドネシアのジャワ島で、押収した車だといわれる。東條自身、このアメリカ車を使っていた。オープンカーにして乗り廻していた」

「東條は、それだけのことをするには、かなりの金が必要だったんじゃありませんか？　軍人というのは、清貧《せいひん》の感じがしますが、よく、資金がありましたね？」

「彼は、陸軍大臣でもあったから、陸軍省の機密費を自由に使うことが、できたんだ」

「どのくらいの金額ですか？」

「これにも、記録が残っている」

と、十津川は、手帳を見ながら、言った。

「稲葉正夫《いなばまさお》という陸軍省軍務局の陸軍大佐が、『東條首相が、内閣改造によって、政局安定を図っておられた頃、三百万円をそのために、赤松《あかまつ》秘書官に渡されるのを目撃した』と、回想録に書いている」

「三百万円は、その頃、どのくらいの値打ちだったんですか？」

「私が、その頃の陸軍の経理にくわしい人に聞くと、二、三百万あれば、飛行機工場が建つと教えられた。それに、平和時ではなく、戦争が続いていたから、ただの軍事費ではなく、臨時軍事費だから、額が大きい。当然、その中の機密費も大きくなっている」

「どのくらいの機密費だったんですか？」

「昭和十七年、陸軍四六五五万、海軍二五六〇万、昭和十九年、陸軍一億二五四九万、海軍一八六五万だ」

「莫大な金額ですね」

「それに、東條首相の最後の力は、憲兵だ」

「憲兵政治だったと言われますね」

「憲兵は、簡単にいえば、軍隊の中の警察だから、必要なものだし、危険なものでもない。だが東條は、その憲兵を、私兵のように使い、それをライバルや和平を考える人たちの弾圧に使った。戦時中は、憲兵は、民間人の逮捕にも、使えたんだ」

「具体的には、どんな風に、使っていたんですか？」

「東條英機を考える時、三奸四愚《さんかんしぐ》という言葉が、よく使われる。東條の取り巻きのことだ」

十津川はここでも、手帳から、七人の名前を、黒板に書き写した。

三奸　鈴木貞一《すずきていいち》企画院総裁
加藤泊治郎《かとうはくじろう》憲兵司令官

　　四方諒二《しかたりょうじ》東京憲兵隊長
四愚　木村兵太郎《きむらへいたろう》陸軍次官
　　佐藤賢了《さとうけんりょう》軍務局長
　　真田穣一郎《さなだじょういちろう》参謀本部作戦部長
　　赤松貞雄《さだお》首相秘書官（陸軍大佐）

「当時のエリートたちですね」

と、西本が言う。

「問題は、この取り巻き七人の中に、二人も憲兵関係者が、いることなんだよ。しかも司令官と隊長なんだ。これだけみても、当時の東京周辺の憲兵が、東條の指揮下にあったことは、はっきりしている」

「これは陸軍憲兵になっていますが、海軍の憲兵は、どうしていたんですか？」

「海軍に憲兵という職種はないから、陸軍の憲兵が、海軍のことも調べることになっていた」

「それでは、ますます、東條英機の権力は、大きくなってしまうじゃありませんか？」

「だから、誰もが、東條を恐れていた」

「具体的に、東條は、敵対者に向かって、どんなことをしたんですか？」

「昭和十八年元旦の新聞に、中野正剛《なかのせいごう》という代議士が、東條を批判する論文をのせた。それを読んだ東條は、激怒して、中野を逮捕している。その後釈放されたが、中野は自刃《じじん》した。戦後首相になった吉田茂は、戦争末期、和平に動こうとして、憲兵隊に逮捕され、一ヵ月近く、刑務所に放り込まれている。また、東條は、自分を批判する相手に対して、懲罰召集という手を使って、弾圧した」

「懲罰召集って、何ですか？」

「自分を批判した相手を召集するんだ。兵隊にとって、一番危険な戦場に行かせるんだ」

「そんな例があるんですか？」

「新名丈夫《しんみょうたけお》という新聞記者がいた。十九年二月二十三日の新聞に、『勝利か滅亡か。戦局は、ここまで来た。竹槍では間に合わぬ。飛行機だ。海洋航空機だ』という記事をのせて、東條を怒らせてしまった」

「ちょっと待って下さい。まともな記事で、東條が怒ることはないと思いますが」

「問題は、『海洋航空機』なんだ。海軍の飛行機が必要だといっている。東條は陸軍だから、皮肉《ひにく》られたと思ったんだろうね」

「それで、懲罰召集ですか？」

「新名記者は、極度の近眼で徴兵免除になっていたのに、無理矢理、硫黄島《いおうとう》へ行かせようとしたが、間一髪で、死なずにすんだんだ。その時一緒に硫黄島へ行く筈だった老兵たちは、全員死亡した」

「文字通り、懲罰召集ですね」

「面白いのは、この時の海軍の態度なんだ。戦時中、ずっと、陸軍と海軍は仲が悪かったから、海軍は、新名丈夫がよくぞ陸軍を批判してくれたと、大喜びだった。新名が奇跡的に助かると、すぐに海軍特派員にして、二度と召集させなかった」

「面白いですね」

「だから、東條首相暗殺計画の参加者の中には、海軍の将校が多いんだよ」

「しかし――」

　と、今度は、北条早苗刑事が、言った。

「結局、東條暗殺計画は、実行されなかったんでしょう？　太平洋戦争を書いた本には、暗殺計画の言葉すら、書いてないものもあります。確か、十九年七月に、サイパン、テニアンが、アメリカ軍の手に落ちた責任をとって、東條内閣は、辞職して、終わったとなっていますが」

と、早苗が、言った。

「確かに、太平洋戦争を書いた本を読むと、そうなっている。しかし――」

と、十津川は、声を落として、言った。

「東條暗殺計画は、実行されたと思っているんだ」

十津川の言葉に、部下たちは、一瞬、沈黙した。

3

だが、次の瞬間、今度は、一斉《いっせい》に、喋り出した。

十津川は、それを制して、

「君たちの疑問も、よくわかる。一般に伝わっている話は、東條首相は、サイパン、テニアンがアメリカ軍に占領されてしまったので、その責任をとる形で、昭和十九年七月に辞任し、小磯《こいそ》首相に代わったから、暗殺の必要はなくなったとなっている。それどころか、東條暗殺計画自体が、なかったかのように、一言も触れない歴史書もある。しかし、そんなにスムーズに、政権交代が、行われたんだろうか？　もともと、戦局が悪化し、一刻も早く和平にもっていく必要を考えた人々がいた。それを達成するためには、東條英機と、その一党が、邪魔になるので、東條暗殺計画が、立てられたわけだからね。退任しても、陸軍内部に、隠然たる影響力を持ち続ける恐れがある。陸軍の中に、東條嫌いがいたことは確からしいが、東條の下に集まってくる連中も多かった。さっき言った三奸四愚のようにだ。従って、東條が野に下っても、彼の崇拝者が集まったりしたら、かえって、面倒なことになる。だから、東條の場合は、暗殺計画が立てられたんだと思う。彼を単に首相、陸軍大臣、参謀総長から、追い落とすだけという計画じゃなくて、暗殺することが目的なんだ。だから、東條内閣が倒れただけで、満足する筈がないんだよ。明治維新の時と同じだ。徳川慶喜《とくがわよしのぶ》が、大政を奉還しただけでは、納まらず、戊辰《ぼしん》戦争に発展しているからね」

「しかし、東條英機は、生き続けて、戦争が終わったあと、東京裁判で、有罪になり、処刑されています。歴史は、そう教えていますが」

「暗殺計画で、一番の問題は、標的を殺したのはいいが、そのあとに、もっと力のある後継者が、出てしまうことだよ。これは、絶対に避けなければならない。どうしたらいいと思うかね？」

十津川は、亀井たちの顔を見廻した。

「薬を使って、東條本人の性格を変えてしまうか、それとも、訓練されたニセモノを使うかしか思いつきませんが」

と、亀井が、言った。

「そうだよ。私は、訓練されたニセモノを使ったと考えている。ホンモノは、殺された。東條首相暗殺計画は、実行されたんだよ」

「その証拠は、ありますか？」

と、日下が、聞く。

「まったくない」

と、十津川は、笑って、

「ただ、そうではないかと、想像できるものは、あるんだ」

「どんなことですか？」

「東條英機のことで、私たちが知っているのは、戦争が終わった時、拳銃自殺を図って失敗したことと、東京裁判で、有罪になり、処刑されたことぐらいだが、それだけでも、私は、おかしいと思うんだよ」

「自殺を図って失敗した件では、戦陣訓を作って、敵に捕まりそうになったら自決しろと、偉そうに言ってたのに、いざ、自分のこととなると、自殺に失敗して、アメリカの医者に助けられるとは、まったく情けないと、批判されていますね」

「第一に、その点が、不審だと思うのだ。戦争が終わった時、多くの軍人が、責任を感じて、自刃しているが、失敗して生恥をさらした者はいない。軍人なら、覚悟は出来ている筈だし、拳銃の扱いには、慣れている筈だ。それなのに、東條英機は、拳銃自殺に失敗したんだ。民間人で、拳銃の扱いに慣れていなければ、失敗する方が、自然だが、東條は軍人だから、失敗はあり得ないことだよ。問題は、失敗したあとだ」

「アメリカ人の医師や看護師のおかげで、助かり、感謝の言葉を口にしていますね」

「それも、私に言わせれば、おかしいんだよ。いやしくも、日本の総理大臣になって、戦争を主導した人間が、今まで、敵国だったアメリカ人に助けられて、感謝したり、治療した医者や看護師を、ほめたりする。これは、日本の軍人らしくないんだ。感謝しても、黙っている。それが、日本軍人らしいし、東條英機らしいよね。私には、別人としか思えない」

「他にも、違和感を感じるところは、ありますか？」

日下の質問に、十津川は次のような説明をした。

東京裁判が始まって、東條英機は、被告になった。他にも、閣僚級の人間が、被告になっている。彼らの役目の一つは、天皇に戦争責任を背負わせてはならないということだった。弁護人とも、しっかり打ち合せて、全員が、法廷に立っていた。日本の政治家や、軍人たち、特に軍人たちは、何としても、国体護持を考えていた。それは、天皇制を守ることであり、昭和天皇を、東京裁判で、絶対に、被告席につかせては、ならないということだった。そのために、戦争の末期にも、さまざまな配慮があった。例えば、昭和十九年一月に実行されたインパール作戦がある。太平洋戦争で、もっとも無謀といわれた作戦だ。この作戦は失敗し、三人の師団長の一人、佐藤《さとう》師団長が、命令に違反して、独断で退却してしまった。陸軍の上層部は、佐藤師団長を解任し、軍法会議にかけようとした。ところが、師団長以上は、天皇が任命することになっていた。もし、法廷で、佐藤師団長が有罪になると、そんな軍人を師団長に任命した天皇の責任になってしまう。そこで、退却を命じた佐藤師団長は、何の罪にも問われることがなかったのだ。

また戦争末期に、陸軍は、海軍をまねて、特攻に走り、終戦まで特攻は、続けられた。しかし、特攻は必死であり、それまでの決死とは、まったく違う。作戦として見ても、今までとは別の作戦である。そうなると、天皇に報告し、許可を受けなければならない。航空参謀は、すぐ、天皇に報告しようとしたが、阿南《あなん》陸軍大臣が反対した。特攻は外道《げどう》であり、問題がある。そんな作戦を、天皇に報告し、天皇が特攻を黙認していることにはしたくない。そこで陸軍は、実際には命令で実行されたのに、最後まで、志願だったことで、押し通した。

東京裁判でも、東條たち被告人の最大の願いは、天皇を被告席に座らせないこと、天皇には、戦争責任はないことを、証言することだった。だから、弁護人を混じえて、証言の練習までしていたのに、肝心《かんじん》の東條が、ミスをしてしまったのである。

アメリカの検事の質問に対して、

「天皇陛下のお言葉に対して、臣下の私たちが、疑義をはさむようなことは、絶対にありません」

と、答えてしまったのだ。

明らかに、ミスだった。それまで天皇は、いつも平和を愛し、戦争に反対して来られたと、証言していたからだ。

天皇の言葉に、反対する者はいないのなら、戦争になる筈が、ないではないかとなってしまう。

もし、ホンモノの東條なら、こんなミスは、絶対にするはずがない。東條は、細かいことを、大事にし、昔のことなど、しっかり覚えていて、ミスはしなかったと言われるからである。

「この時の東條が、ホンモノだったら、絶対に、こんなミスはしない。軍人の中でも、官僚的だった東條が、ミスをする筈が、ないんだよ」

と、十津川は、くり返した。

「それで、この証言は、どうなったんですか？」

「あわてて、弁護人が、反対尋問をした。それでこんな証言に訂正された」

と、十津川が、言った。

「『天皇は、いつも平和を愛されていました。しかし、軍人の中には、そうした天皇に逆らい、だまして、戦争を始めた者が、いたのです』つまりこれが正解なんだ」

「しかし、それでも東條首相暗殺計画が、実行されたとは、まだ信じられません。東條の替玉が、いたとすると、その男は、東京裁判で、処刑されてしまうわけですから、その覚悟も、していたんでしょうか？」

と、西本が、聞く。

「実をいえば、私にも、絶対の自信があるわけじゃないんだ。だから今、一番会いたいのは、野崎英明なんだよ。彼の祖父は、東條首相暗殺計画に参加している。もし、手記をつけていれば、ぜひ、それを読んでみたい。読めば、真相がわかるからね」

4

十津川は、できれば、マスコミを使って、野崎に呼びかけたかった。

現在、行方不明の形になっている野崎に聞きたいことがいろいろある。今、何をやっているのか、聞きたかったし、彼の祖父のことも、聞きたかったのだ。

しかし、なかなかそういう事態にならないので、十津川は、部下の刑事たちと、現実の事件の捜査を続けながら、七十年以上前の東條首相暗殺計画について、考える日が続いた。

刑事たちは、一般人ではなく、殺人や強盗事件の捜査を仕事にしている。相手は、単独犯のこともあれば、グループの時もあるから、いってみれば、平和な時に、戦争をやっているようなものである。犯人がときには、銃を使うこともあるから、そうなれば完全な戦争になる。

十津川たちは、意識しなくても、他の一般人とは、戦争を見る眼は、違っていた。

東條首相暗殺計画は、実行されなかったので、世間では、幻の暗殺計画と言われ、ときには、無視され、歴史上で扱われないこともあるのだが、十津川たちが、今回、関心を持ったのは、彼らが刑事、しかも、捜査一課の刑事だからに違いなかった。

「暗殺計画には、政治家や、皇族が参加していると聞きましたが、現役の軍人は、参加していなかったんですか？　具体的な名前は、出ていないんですか？」

と、亀井が、聞く。

「いや、一般的には、二つのグループがあって、片方は陸軍参謀の津野田《つのだ》少佐の名前があり、もうひとつのグループには、海軍省教育長だった高木惣吉《たかぎそうきち》少将の名前が出ている。しかし、私は、信用していない。これこそ、作られた歴史だよ」

「高木惣吉という名前は、何かの本で見たことがあります。確か戦争反対のリーダー的存在だったんじゃありませんか？」

「確かに、戦後、本を書いているからね。しかし、実際の高木惣吉少将は、開戦に賛成しているんだ。ただ、この人は、軍人には珍しく、交際範囲が、やたらに広くて、政治家や文化人との交際があってね。特に、和辻哲郎《わつじてつろう》とか、西田幾太郎《にしだきたろう》といった哲学者と親しかった。特に、西田幾太郎とは親しく、その影響を受けて、戦争末期に反戦和平に動いているんだよ」

「陸軍は、参謀本部で、海軍は軍令本部ですか。実戦の経験は、全く無さそうですね」

「軍人の中の官僚だからね。君のいうように、暗殺計画を立案しても、それを実行する方は、苦手だったろうと、私も思うよ。だから、特高だった野崎の祖父たち三人が、実行者として、参加したんだと思う。どちらのグループも、暗殺計画は全く同じで、一台の車を、東條首相の乗ったオープンカーにぶつけて止め、止まったところを、爆弾を投げつけて、殺すというものなんだ。津野田少佐も、高木惣吉少将も事務屋だから、この方法を実行するのは、難しい感じだな。手榴弾を投げる訓練など、一度もやっていないだろうから」

十津川のこの言葉に、西本が、賛成した。

「津野田陸軍少佐も、高木海軍少将も、たぶんマークされていたでしょうから、二人が、実行者になっていたら、東條首相の警備に当たる憲兵に、すぐ、逮捕されてしまうんじゃありませんか？」

その言葉に、十津川は、苦笑して、

「確かにそうだな。そう考えれば、なおさら、野崎英太郎《えいたろう》たち三人が、実行者として、この計画に従った、或いは、参加させられた可能性は、高くなるね」

「特高なら、警備のお手伝いに来ましたといって、東條首相の車に近づくのも、やさしいんじゃありませんか」

と、西本が、言った。

「だから、私は、野崎に会って、彼の祖父の話を聞きたいんだ。もし、その人が、手記を残してくれていたら、ぜひ、読んでみたいからね」

と、十津川は、言った。

このあとも、戦時中の東條首相暗殺計画の話は、続いた。

最後は、自然に、計画が、実行されたのかどうかということになってくる。

そうなると、どうしても、実行されたという十津川は、少数派である。

「結局、この計画は、実行されなかったんだと思いますね。どんな太平洋戦争に関する本や資料を見ても、実行されたという記述は、ありませんから」

と、亀井が、いう。

それに対して、十津川は、

「もし、この計画が、実行されなかったら、その後の日本は、どうなったかを考えてみたんだ。実行されない理由が、何があったかも考えてみた」

「実行されなかった理由は、簡単だと思いますね」

と、亀井が、言う。

「何しろ、東條英機は、総理大臣、陸軍大臣を兼ね、しかも、参謀総長でもあったわけでしょう。その上、憲兵も抑えていた。自分に歯向かう者は、容赦《ようしゃ》なく、憲兵に逮捕させ、刑務所に送り込んだ。いわゆる憲兵政治です。だから暗殺計画を立てた者たちは、自由に動けなかった。憲兵に捕まってしまえば、それで終わりですからね。計画が実行できないうちに、肝心の東條英機が、自ら、総理大臣を辞めてしまったんじゃありませんか？」

その亀井の言葉に、日下が賛成した。

「東條首相が、自ら辞めたのは、かえって、よかったんじゃありませんか。暗殺計画が、実行されていたら、日本中が騒動に巻き込まれて、何人、何十人という人間が処刑されてしまったと思いますから」

「いや、実際に、一人逮捕されているんだ。計画のリーダー的存在だった大本営参謀の津野田少佐が、計画が漏れて、逮捕されている」

「どうして、計画が、漏れたんですか？」

「暗殺計画に賛成していた、皇族の一人から、漏れたといわれていて、東京憲兵隊によって津野田少佐が、逮捕され、禁固二年が言いわたされている。もちろん、陸軍少佐の地位も剝奪《はくだつ》された」

「しかし、そのことも、太平洋戦史には、のっていませんね？」

と、亀井が、首をかしげた。

「それが、私にも不思議で仕方がないんだ。太平洋戦争について書かれた本は、肯定、否定両方が、たくさん出ている。東條英機に関する本もだ。太平洋戦争は、東條の戦いだったという本さえ出ている。それなのに、東條暗殺計画のことを書いたものは、皆無《かいむ》に近い。私は、今度の殺人事件の参考にしたいと思って、太平洋戦争について書かれた本を百冊近く、買ってきて読んだ。ところが、暗殺計画について書かれていた本は、たった一冊だけだよ。それも、半ページの記事だ。実行されなかったからなのかと思ったが、違うね。海軍武官が、中立国のスイスでやった和平工作は、成功しなかったどころか、日本の政府は、全く取りあげなかった。それでも、二冊も本が出ているんだ」

「その一冊を読んでいます。確か、『実らなかった海軍の和平工作』という本でした」

と、日下が、言った。

「面白かったか？」

「知らないことがわかったので、良かったですが、作戦も、書き方も地味なので、その点は退屈でした」

「東條首相暗殺計画の方が、ずっと、楽しい筈だよ。登場人物は、全て日本人だし、何といっても、日本の総理大臣が、標的なんだからね」

と、十津川が、言った。

「それなのに、書かれた本は、極端に少ないんですね。日本現代史の中には、『東條首相暗殺計画』という文字すら見つからないものがあります。理由がわからないんですが」

と、亀井が、言う。

「その点、警部は、どう思われているんですか？」

と、日下が、言う。

「私は――」

と、十津川は、一瞬考えてから、

「今も言ったが、東條首相暗殺計画が、実行されたからだと思っている」

と、言った。

「前にも、同じことを、言われましたね。あの時、理由を言われたと思いますが、どうもピンと来なかったんですが」

と、西本が、言う。

「私は、この暗殺計画は、実行されたということに、今や確信を持てるようになってきている」

「しかし、実行されたと書いている本は、一冊もありませんが」

「だからだよ。もし、暗殺計画が、実行されたと書かれていたら、私は逆に、実行されなかったと考えてしまう」

「どうしてですか？」

「太平洋戦争の末期になって、東條首相暗殺計画が生まれた。ここまできたら、一刻も早い和平が必要であり、それには、東條首相が邪魔になるという考えだと思う。それなのに、計画が、実行されたという話は、聞いたことがないんだ。もうひとつ、天皇は、皇族が、政治に、関係するのを、嫌われているのを、知っていながら、皇族を参加させている。これもおかしいと思っているんだよ」

「警部は、なぜだと思うんですか？」

「私は、こう考えた。計画にとって、最大の壁は、天皇だったと思うんだ。軍人は、和平、戦争継続とわかれていたが、国体の維持、天皇制を守る点では一致していた。だから、天皇が、もし、東條暗殺計画に反対なら、この計画は実行できない。そこで、天皇の宸意《しんい》を知りたくて、津野田少将たちは、皇族に、東條暗殺計画に参加して頂いたんだと思う。しかし、計画が実行されれば、いやでも、天皇にわかってしまう。だから、暗殺計画は、秘密裏に実行されたと、私は、考えているんだ」

と、十津川は、強調した。

「しかし、その証拠は、ありませんが？」

と、亀井が、言う。

「だから――」

と、十津川は、強い口調で、言った。

「野崎に会って、彼の祖父の話を、聞きたいと、思っているんだよ。一番いいのは、前にも言ったが、野崎英太郎さんの手記か日記があれば、それを読みたいんだ」

話は、結局、そこに行ってしまう。それ以上の話になっていかないので、

（奇跡が起きて、野崎英明に会えるか、彼の祖父、野崎英太郎の手記か日記が手に入れれば、事件の壁を打ち破れるのだが）

と、十津川は、考えた。
ところが、その奇跡が、起きたのである。
二日後、一つの小包が、送られてきた。
差出人の名前は、なかった。
小包をほどくと、中から、部厚い古めかしいノートが出てきた。
昭和十九年
昭和二十年
の二冊である。
裏を返すと、「特高第一課長・野崎英太郎」と、筆で書かれていた。
そして、一通の手紙が、同封されていた。

「これは、特高第一課長だった祖父が記した手記だ。正確にいえば、そのコピーだが、一頁も、破っていない。君が、読みたいと思うので送るが、コピーなので、捨ててもいい。私自身は、祖父の、平和のために命を捧げるという、崇高《すうこう》な志しを受け継ぎ、世のため人のために、やり遂げなくてはならない使命がある。そのためには、命を賭けても良いと思っている。中央病院の看護師と、その恋人の死について、恐らく、君は、キナ臭さを、感じているのだろう。そして、僕の、突然の辞職と、二人の死に、なにか関連があるに違いないと、睨《にら》んでいるかもしれない。僕は、あの二人の死に、君と同様に、不審を抱いているが、僕は関係していないと、明言しておく。警察の同期の中で、一番の敏腕《びんわん》刑事の君が、この事件と私を結び付けたとしても、仕方のないことだ。ただ、できれば君に、これから起こることに、関わって欲しくない。君の身にも、危険が及ぶからだ。僕自身も、これから行動することを、君に邪魔されたくないのだ。僕が、君に送った、祖父の手記を読めば、僕が海路首相や、次期首相だと世評の高い後藤副総理に、大きな危惧を抱いていることは、わかるだろう。今こそ、僕は、祖父の教えを、実践するつもりだ。僕が、これから、なにをしようとしているかは、説明しなくても、君にも、わかるはずだ。僕は、まだしばらくは、身を隠している必要があるので、お願いだから、探さないで欲しい。

野崎英明」

十津川は、しばらく、その文章に眼をおとしていた。

（いったい、野崎たちは、何をやっているんだ？）

と、メモを睨《にら》んだが、答えは、返って来なかった。

第三章　現代の首相暗殺計画

1

野崎英明は、不思議な因縁《いんねん》を感じていた。

彼の祖父、野崎英太郎は、戦時中、総理大臣だけではなく、陸軍大臣、軍需大臣、さらには、参謀総長まで兼ねていた東條英機の暗殺を企てるグループに参加して、その実行犯として、暗殺の実行を命じられていた。

そして今、その孫にあたる野崎英明は、この平和な時代に、祖父の英太郎がやろうとしていたことと全く同じことを、実行しようとしているのである。

祖父の野崎英太郎の場合は、当時、絶対的な権力を一人で握っていた総理大臣、東條英機を密かに抹殺《まっさつ》しようとしていたグループがあって、野崎英太郎は、その中の一員だった。今、野崎英明は、東條総理暗殺グループにいた祖父と同じように、総理大臣、海路徳之の暗殺グループの一人であり、その実行を任されている。

妙な因縁だが、今の自分と祖父の野崎英太郎と、はたして、どちらが、誇りを持って、総理大臣の暗殺を実行できるだろうかと、考えてしまう。

太平洋戦争中の東條首相暗殺計画には、日本を救うため、そして、一刻も早く戦争を止めて、国民を救うためという、大義名分があった。

これに対して、今、自分がやろうとしている平成時代の海路首相暗殺計画に、はたして、祖父の持っていたような大義名分があるだろうか？

現在、現職の海路首相を暗殺する計画が密かに練られていることなど、ほとんどの人が知らないだろう。そんなことは誰も想像だにしないに違いない。何しろ、海路首相は、総理になって三年、経済的な豊かさと、福利厚生の充実を唱えて、国民には圧倒的に、支持されている、人気のある総理だ。

だが、実際に権力を握っているのは、保守党最右派の後藤副総理だと、言われている。海路首相は、七十半ばの高齢で、今後長く政権に留まることはないと、思われている。

つまり、海路政権は、後藤政権に移行するまでの暫定《ざんてい》的なもので、ナショナリズムの色濃い政策は、後藤が主導し、海路首相にやらせているのだとも、言われている。

しかし、短期政権で終わるはずだった海路首相は、世論の支持率が高いのに自信を持ち、任期三年目を迎えている。

後藤の祖父、後藤喜三郎は、終戦後、戦犯として巣鴨刑務所に入っていたが、GHQの特赦で出所し、その後、保守党の創設に参加、黒幕として暗躍した男だった。その政治信条は、GHQが日本に押し付けた憲法を改正し、自主独立の気概を持たねばならない、というものだった。

その国粋主義的な考えは、孫の後藤典久にも、大きな影響を与えていると、言える。

占領軍によって作られ、押し付けられた平和憲法を、日本人の手で作り直し、世界から畏敬《いけい》される国にすることを、後藤家三代にわたる悲願として、連綿《れんめん》として継承しているのだ。

現在、公になっているのは、中央病院の看護師、佐伯明日香と彼女の恋人、大西博史が続けて死んだことだけである。

新聞やテレビの一部の報道では、今回の事件を、次のように、伝えていた。

「二年前から付き合っていた男女が、ここに来て何らかの問題が生まれ、男性のほうが女性を自殺に見せかけて殺し、自らも命を絶った。この二年間に、二人の間に、いったい何があったというのだろうか？」

小さい扱いである。

野崎英明が思いを巡らせている時、彼の携帯が鳴った。

野崎英明が、携帯に出ると、

「佐伯です」

と、男の声が、言った。

「野崎英明です」

と、こちらの名前もいう。

野崎も佐伯も、お互いに名前だけは知っているのだが、これまでに会ったことは一度もない。電話をかけたり、あるいは、相手からかかってきたりして、時々話すだけの関係である。

一年前、佐伯勇夫《いさお》が、野崎英明に、電話をかけてきた

「野崎さんですね。私は、佐伯勇夫と言います。突然、電話をかけて、申し訳ないが、内密に、あなたと相談したいことが、あるんです。あなたの祖父は、元特高の野崎英太郎さんですよね。実は、私の祖父も、元特高で、当時、英太郎さんと行動を共にしたんです。私は、自分の祖父がしたことを、誇りに思っています。あなたも、英太郎さんのことを誇りに思っていらっしゃることでしょう。私は、子供の頃から、祖父に『将来、日本を戦争に導くような首相が出て来たら、命を投げ打ってでも、立ち向かえ』と言われていました。今の政治家たちを、あなたは、どう思いますか？　ポピュリスム（大衆迎合）で、国民をおだて上げ、いつの間にか、国民はナショナリズムに導かれていく。海路首相だけではありません。国粋主義で、最強硬派の後藤副総裁は、もっと危険な存在です。海路よりも若く、精力的で弁舌がたち、何事にも白黒をつける政治行動は、国民の間で、後藤待望論まで囁かれ始めています。ですが、これは危険な兆候だと、私は、思っています。軍靴《ぐんか》の足音が、私には聞こえます。

私は、祖父の教えを、実践する時が来たと、感じています。日本を戦争のできる国にしようと企《たくら》む指導者は、排除しなければなりません。危険な国になるのを、黙認するつもりはない。命を捨てても、平和な日本を守るのが、我が佐伯家の家訓です」

「ええ、私も、祖父の薫陶《くんとう》を受けています。あなたと同じように、私も祖父から『日本が存亡の危機に瀕《ひん》した時は、命がけで阻止しろ』と、言われてきました。あなたと同じく、私も、今の政府に危機感を持っています。政権の右傾化は、止まるところを知らない。志のある者が、力を合わせて、行動すべき時だと、思っていました。あなたの誘いを喜んで受けます」

と、野崎は、佐伯と、意気投合したのだった。

「どうしたのですか？　何かありましたか？」

と、野崎が、言うと、

「少しばかり状況が切迫してきましたので、そろそろこの辺で、あなたに直接会って、計画について、確認したいと思っています」

と、佐伯が、言った。

「実は、私も、あなたの顔を見てみたいと思っていたんですよ。何しろ、あなたと会ったことがなくて、電話の声しか聞いていませんからね」

野崎英明は、少しばかり、皮肉めいたことを口にした。

「わかりました。ぜひ、お会いすることにしましょう。箱根《はこね》の強羅《ごうら》に忘我亭《ぼうがてい》という旅館があります。我を忘れると書いて忘我亭です。その旅館の離れの部屋を二日間にわたって、貸し切りにしましたから、明日の午後二時頃までに、忘我亭に来てください。私もその時間までには、必ず、その旅館に行きますから、そこで、ゆっくりと、今後のことを、相談しましょう」

と、佐伯が、言った。

「強羅の忘我亭ですね。わかりました。一応、念のために、佐伯さんの顔の特徴を教えておいていただけませんか？　その旅館に行った時、間違えてはいけませんから」

「その点なら、ご心配の必要はありません。明日、明後日と、二日間、この旅館を借りますから。私と、小松崎《こまつざき》さんという人の二人で、お待ちしています。この人は、今回の、海路首相暗殺計画の調整役であり、連絡係でもあるんです。野崎さんや、私を探し出して、この計画に誘い込んだのも、この人です。では、お会いするのを楽しみにしています」

そう言って、佐伯が、電話を切った。

2

翌日、野崎は、自分で車を運転して、箱根の、強羅に向かった。電車を使わなかったのは、この計画に、参加することになってから、人に顔を見られることを、嫌うようになっていたからである。

ウィークディなので、天下の箱根も、それほど道路は、混雑していなくて、ほとんどスムーズに、予定した時間の小一時間前に、強羅に着くことができた。

駅近くの有料駐車場に、車を預け、喫茶店に入って、コーヒーとサンドイッチを注文した。腹ごしらえを済ますと、店を出て、目的の旅館に向かった。

問題の忘我亭という旅館は、強羅の旅館街から少し離れた場所にあった。旅館というよりも、どこか別荘といった雰囲気の建物である。

応対する女将に、佐伯の名前を出すと、

「佐伯さんは、すでにお着きですよ。離れにいらっしゃって、お客様を、お待ちですので、ご案内します」

と、女将が、言った。

広い庭の中に、三つだけの離れである。その一つに、案内されると、先に着いていた佐伯が、彼を迎えた。

佐伯は、改めて、

「野崎さんですね。お待ちしていました。佐伯です」

と、笑顔を浮かべて、言ったあと、奥に案内された。入るなり、野崎は険しい表情になった。そこに、長身で、恰幅《かっぷく》の良い男と，中年の女性が、座っていたからである。

佐伯が、

「ご紹介します。こちらは、小松崎さんです」

と、まず男を、野崎に、紹介した。

「私は、現在、保守党のある有力政治家の秘書を、やっておりますが、その方の名前は、しばらくの間、伏せておきたい。何しろ、われわれは、いろいろと、問題のある暗殺計画を、実行しようとしていますからね。万が一、計画が、失敗に終わってしまった時、有力政治家の名前が、表に出ては、まずいことになるからで、その点を承知しておいていただきたいのです。私たちの同志には、政治家はもとより、財界人や弁護士、評論家など、日本を代表する見識《けんしき》の高い人たちが、おられます。

野崎さんや佐伯さんと同様、私たちも日本の進む方向に、不安を持ち、右傾化を憂えておられます」

と、小松崎が、力を込めて、言った。

「こちらの女性は、木戸《きど》みゆきさんといい、栃木《とちぎ》県の女子刑務所の看守長をされていた方です。お二人と同じように、お祖父さんが、東條暗殺計画に参加されています。それで、今回の、実行部隊として、お誘いしたわけです。皆さんの、お祖父さんたちは、特高におられて、行動を共にされた同志なわけですから、特別な縁があると思います。皆さんが、協力して、ことに当たっていただければと、考えています」

小松崎が、自分の傍らに座っている女性を、紹介した。

「お二人に、お会いできて、嬉しいです。足手まといにならないように、頑張りますので、宜《よろ》しく、お願い致します」

と、木戸みゆきは、笑みを浮かべて、言った。

昼食が運ばれてきて、食事をしながらの、四人の話し合いになった。

食事を運んできた仲居は、気を利かせて、姿を消したので、部屋には、四人がいるだけである。

「皆さんは、ここまで来ても、気持ちに変わりありませんね」

確認するように、小松崎が、聞く。

「前にも佐伯さんに言いました、私が、この計画に、参加する理由を、もう一度だけ、はっきり言っておきたいのですが」

と、野崎が言った。

「どうぞ」

「参加した第一の理由は、現在の日本のあり様に、不安を感じ、日本の未来に、少しでも、関係していたいと、思うからです。第二の理由は、祖父を尊敬しているからです。私が、計画への参加を決めた理由は、この二つです。ほかにはありません。どんなことがあっても、必ず計画を、実行します。ためらいは、ありませんよ」

野崎の言葉に、小松崎は、笑って、

「理由を言ってくれた方が、信用できますよ」

残る佐伯と木戸も、野崎の発言に同意するように、頷いていた。

実行部隊の三人の決意が、確認されたのだ。

その後、黙って、四人とも食事をしていたが、最初に、箸《はし》を置いた野崎が、

「ひとつ、確認しておきたいことがあります。中央病院に入院している海路首相が、

ドクターヘリで、別のところに、運ばれていったという噂があるんですが、そういうことは、ありませんか？　海路首相は、中央病院には、もう、いないんじゃありませんか？」

「いや、海路首相は、今も中央病院の特別室にいる筈ですよ。転院したという報道はありませんが」

佐伯が、言うと、小松崎が、

「あなたは、鋭い勘をしていらっしゃる。中央病院に、海路首相はいますが、あなたが、今言ったように、いないとも言えるのです。つまり、海路首相は二人いて、そのうちの一人の海路首相は、一昨日の金曜日、ヘリコプターで、中央病院から、ある場所に運ばれました」

「何のために、そんな面倒くさいことをしたんですか？　海路首相を、殺害するためですか？　二人の海路首相とは、どういうことなんですか？」

野崎が、聞く。

「これから、ご説明します。私たちは、最初、海路首相が、次々と右傾化路線を取っていて、彼は非常に危険な人物だと、見ていました。そこで、海路を暗殺すれば、日本は、戦前のような軍事大国を目指すこともなくなるだろうと、考えました。しかし、佐伯さんの娘さんのおかけで、本当の危険人物は、海路首相を陰で操っている後藤副総理だと、わかりました。後藤は、海路の病室を頻繁《ひんぱん》に訪ねては、総理大臣の禅譲を頼み込んでいます。

いや、正確には、脅したり、すかしたりして、病気を理由に、海路に引退を表明させ、後藤を後継者として指名させようとしていることが、わかりました。海路はまだ、総理の座を後藤に譲る約束までは、していないようですが、いずれは、後藤の説得に応じてしまう危険性はあります。従って、私たちは、禅譲が実現する前に、海路を抹殺し、この話が無かったことにしたいと、考えていました。だが、予想外の動きが生じたのです。海路首相を中央病院から運び出したのは、われわれではありません」

小松崎が、言う。

「では、誰が？」

と、野崎が、聞いた。

「浅川清《あさかわきよし》という名前の男です」

「浅川清？　それは誰ですか？」

佐伯が、聞いた。

「ＩＴ産業の先駆者《せんくしゃ》で、昔から海路首相の後援会の会長をやり、日本の代表的ゼネコンの浅川組の創業者でもあります。現在、名誉会長職について、息子を社長にしています。だが、世評では、もっぱら実権は、彼が握っていると言われています。叩き上げで、したたかな男です。私たちの調べたところによると、浅川は、後藤副総理から、海路首相の説得を頼まれたようです。浅川にしてみれば、まさに、渡りに船といったところで、高齢な海路より、若く前途有望な後藤に乗り換えるのが、得策だと思ったらしい。もちろん、浅川は、政商と呼ばれ、転んでも、ただでは起きない男だから、後藤総理大臣が実現した暁《あかつき》には、民間人出身の防衛大臣に就任すると、噂されています。この情報は、すべて、私の仕える政治家の先生が、耳にした話です。今のところ、浅川清は、われわれのグループのことも、われわれの計画のことも、知らない筈です。だから、わざと、浅川のやりたいようにさせておきました。海路首相が運ばれていったのは、浅川清の、熱海《あたみ》にある別荘です」

「もし、その浅川清が、海路首相を、熱海の別荘に、移したことを、記者たちに、話したりすると、記者やカメラマンが、熱海に、どっと押しかけてくるのでは、ありませんか？　そうなれば、われわれの計画が、やりにくくなってしまうんじゃありませんか？」

と、野崎が、言った。

「いや、その点は、心配しなくても、大丈夫です。現在、海路首相が、熱海にいることは、誰も知りません」

と、佐伯が、言う。

「しかし、中央病院に、海路首相がいなければ、面会に来た家族や政治家たちが、騒ぐんじゃないですか？」

と、野崎が、言った。

「そのために、もう一人の海路首相を、用意したんです。浅川清という男は、なかなかの知恵者でしてね。海路のそっくりさんを用意して、病室に、送り込んでいて、緊急手術をするので、一週間ぐらいは、面会謝絶にしているようです。これは、浅川と後藤が立てた計画です。中央病院のオーナーや、事務局長、そして医師たちも、後藤の息がかかっていますから、誰も、おかしいと騒ぎ出すことはない。そこで、あなたに、これをお渡しします。浅川清の、熱海の別荘の地図と写真です。なんのために、お渡しするか、おわかりいただけますね」

小松崎が、大きな封筒に入ったものを、テーブルの上に並べた。

「しかし、個人の別荘だからといって、護衛が、全くいないわけはないでしょう？

何しろ、海路徳之は、現職の総理大臣ですからね」

と、野崎が、聞く。

「いや、それはありません。浅川清という人間は、バカじゃありませんから、中央病院からSPにも、知られないように、海路を連れ出しています。もちろん、現在、熱海の別荘の表と裏口には、警備員用のボックスが、作られています。この浅川清が、出資している民間の警備会社から、常時五人から八人の警備員を派遣させ、別荘の近くに、住まわせています。ほかにも、後藤と通じている関西の暴力団のA組から、何人かが、動員されているようです。従って、別荘の警備は、かなり、厳重だと言わざるを得ません」

と、小松崎が、言った。

「それから、海路首相の容体はどうなんですか？　かなり重病だという噂があるんですが、別荘に医療関係の施設は整っているんですか？」

「重病なのか、比較的、軽い症状なのか、私たちには、はっきりした情報はありません。浅川にしてみれば、説得中に、海路首相の容体が急変したり、危篤《きとく》状態になったりしたら、彼自身の責任が問われることになります。だから、ドクターヘリで連れ出した時に、柴田事務局長の息のかかった中央病院の医師を同行させています。

しかもこの別荘には、看護師が一人、お手伝いさんと一緒に、住み込んでいることがわかっています。また、別荘から、車で五分ほどのところに、診療所もあります。医者も揃っているそうですから、その点も、安心していいと思います」

「それにしても、海路が病死するか、あるいは浅川が海路を殺せば、後藤が総理大臣になれる最短の方法だと、思いますが？」

「いや、そうはいかないんですよ。確かに、後藤派は保守党の最大派閥ですが、数で言えば、全保守党議員の三分の一しかいません。他の弱小派閥が、一致団結すれば、後藤総理の目はなくなるわけです。ですから、後藤としては、海路から後継指名をしてもらい、禅譲を期待しているわけですよ。後藤や浅川にしてみれば、その確約をもらうまでは、海路を死なせるわけには、いかないのです」

「なるほど。もう一度、確認しますが、警備は完全ですね？」

と、野崎が、聞く。

小松崎が、答える。

「今言ったように、別荘には二十四時間、五人から八人が詰めていて、そのほか、後藤が、依頼した暴力団員が何人か、常駐しています。車で五分ほどで行ける診療所の近くに、派出所があります。そこには、パトカー一台が、常駐しており、三人の巡査がいて、一人が、警邏に回っている間も、一人は必ず、派出所にいることが、決められています。以上、警備は厳重で、将来、われわれの計画を、実行する上でかなり邪魔になる可能性があります。野崎さんは、今お渡しした写真や地図を見て、侵入する時の研究をしておいてください」

「私と一緒に動き、私と行動を共にするのは、佐伯さんと木戸さんの二人、合計三人だけですか?」

これも、野崎の質問だった。

「ええ、この難しい任務を遂行できるのは、あなた方、三人が、最適だと考えています。もちろん、あなた方のうしろには、第二、第三の実行グループを用意してあります」

と、小松崎は、答えてから、

「私の手配した者が、旅行者を装って、現在、問題の別荘の近くで写真を、撮っていますから、明日には、その写真を、ここに届けておきます。佐伯さんと、野崎さん、木戸さんの三人は、明日、ここで再び落ち合い、今後の行動について、詳しい打ち合わせをすることになります」

この日、野崎英明は、忘我亭に、一泊することに決めた。

3

翌日の昼近くに、元箱根の旅館に、別々に泊まっていた佐伯勇夫と、木戸みゆきが、忘我亭にやってきた。

野崎は、佐伯が若い頃に、自衛隊に入隊し、除隊後は、旅館を経営しながら、狩猟にいそしみ、ライフル銃を保有していることを、知っていた。また、今回、紹介された木戸みゆきが、女子刑務所の看守長をしていたと聞いて、この二人と組むのは、最適だと思った。

といっても、もちろん、この二人が何を考えているかなど、わからない。彼らにしても、野崎の本心は、わからないはずである。

小松崎も同席している。

木戸みゆきは、小松崎が手配した男が撮った浅川清の熱海の別荘の写真を、テレビ画面に、大きく映し出して、野崎たちに、披露《ひろう》した。

彼女が、説明する。

「この別荘ですが、十年前に建てた時は、十億円は、かかっただろうといわれています。現在の価格は、おそらく、三億円くらいではないかと、言われています。同じような大きさの別荘について、前もって、地元の不動産屋に確認してみたところ、ここ数年、地価が下がり続けていて、現在は、どんなに、高く見積もっても、せいぜい三億円が限度だろうと、言われました」

と、木戸みゆきが、言った。

別荘の持ち主、浅川清が、秘書にベンツを運転させて、東京に帰るところの写真もあった。

「この際、もう一度、暗殺計画について話し合っておきましょう。まず、野崎さんから、計画について、何か疑問があったら、言ってください」

小松崎が、三人に、聞く。

「しつこいと言われるかもしれませんが――」

と、野崎が、断わってから、

「もう一度確認しておきたいのです。そのあとは、計画を実行するだけです」

「わかりました。お聞きしますから、話してください」

と、小松崎が、促《うなが》した。

「海路首相は、現在、七十六歳です。歴代の総理大臣の中でも、一、二を争う高齢で、福岡県のF市の市会議員を皮切りに、県会議員になり、その後、衆議院議員に当選した叩き上げの党人派と言われる男です。政治家としては、凡庸《ぼんよう》と評されていますが、人柄は温厚で政敵はいないと、言われます。今では、二十数名の議員を率いる派閥の長ですが、若手議員が多いため、最年長として、祭り上げられたと言われています。首相になれたのも、八年前、野党に政権が移り、ようやく三年前に保守党が政権に復帰したので、総理の椅子を巡って、醜《みにく》い派閥争いは避けようということになって、党内に敵がいないということで、海路が首相に選ばれたわけです。最大派閥の後藤典久の支援が決定打になったと、言われています。この間、政府は徐々に、右傾化政策を、進めています。人に嫌われることを、最も嫌がる海路が、このような強権的な政策を進めるのは、彼の陰に、後藤副総理の存在があるからです。つまり、海路は、後藤の操り人形だという説もあります。噂では、海路は首相就任にあたり、二年後には辞職し、後藤に政権を禅譲するという約束が、あったとも言われています。しかし、海路首相は、その約束を無視して、居座り続けていたわけです。ところが、その海路首相が、突然、倒れました。ただちに、中央病院に、緊急入院して、医者の治療を、受けました。しかし、どんな病気だったのか、現在の病状は、どうなのか、発表も説明もありません」

そこまで野崎が、話し、そのあとを、小松崎が代わった。

「海路首相の任期は、あと半年です。その間、野崎さんがおっしゃったように、副総理の後藤外務大臣が代行しています。このまま海路首相の入院が続くのであれば、後藤外務大臣が、あとの六ヵ月間を総理代行としてやっていくことになります。ただこの後藤典久という副総理（兼外務大臣）は、野心家であり、過激な主張の、持ち主だということで知られています。彼が総理大臣になったら、その過激な主張を、政治に生かそうとすることは、間違いないし、そんな後藤副総理を、尊敬している若手の政治家も、多いのです。今のところ、倒れた海路首相の政策を、守っていますが、時たま、世界に対して、驚くような激しい主張を、口にすることがありますが、あれは、どう考えても、海路首相の考えではなく、後藤副総理の気持ちです。とにかく、日本を世界の強国にする。それにふさわしい憲法を、持つようにするというのが、後藤の考えですから。そうなれば、彼は気持ちがいいでしょうが、世界から孤立してしまいます」

「浅川清が、海路首相を、自分の別荘に移してしまい、中央病院に入院している海路首相は、ニセモノだという噂については、どう思いますか？」

「その噂を、事実として考えてみました。最初は、浅川清が、海路首相の後援者だから、彼を守るためだと思いました。しかし、後藤が平然としているので、逆に考えるようになりました。浅川という男は、昔の国士を任じているところがあって、もともと、海路より後藤に近いのです。そこで、浅川と後藤が手を結び、海路を病院に置くより、浅川の別荘に置く方が、自由に操れると、考えたのではないかと、思うようになりました」

「そうだとすると、海路首相の立場は、危険ですね？」

「後藤は、海路首相に、首相の地位の禅譲を、求めていると言われています。その約束が反故《ほご》にされないために、約束の覚書を、海路に書かせようとしている話も、聞こえてきます。私が、そんな秘密を、知ることができたのは、ここにいる佐伯さんのお嬢さんが、中央病院で、海路首相担当の看護師をやっていて、見舞いに来る後藤たちの会話や謀議を耳にして、それを父親の佐伯さんに、伝えてくれたおかげです。そのあと、危険を感じて、中央病院を辞められたのですが、お嬢さんと恋人の青年は、謀議の内容が、外に漏れるのを恐れた後藤たちに、口封じに、殺されてしまいました。お嬢さんを、死なせてしまったことを、佐伯さんには、深くお詫びしなければなりません」

「いや、私も娘も、覚悟はできていました。娘には入院中の海路の様子を調べていてくれと、頼んでいました。下手《へた》をすると、命も危険にさらされると言いましたが、娘は喜んで協力してくれました。可哀想な結果になりましたが、私には、後悔はありません。ただ、復讐したい気持ちは、強く持っています」

と、佐伯が、言い、野崎は、

「もう一度、今回の首相暗殺計画について、自分を納得させたいのです。日本と日本国民のために、この計画に参加して欲しいと言われた時は、身体がふるえました。が、それでも、東條首相暗殺計画に参加した祖父のことを言われて、私は納得しました。祖父の書いた手記を折にふれて読んでいたからです。が、まだ完全に自分を、納得させたとはいえません。それで、もう一度、話し合いたい。そのあとは、絶対に異議を口にしません。約束します」

「わかりました。それでは、責任者として、なぜ今、首相暗殺計画が、必要なのか、私の考えを話します。海路首相は、茫洋《ぼうよう》とした性格で、はじめは政策も穏やかなものので、他国との間に問題があっても、なるべくことを荒立てないようにしてきました。憲法を改定しようとか、軍備を大きくしようとかを、大っぴらに口にしたことは、ありませんでした。それが、しばらくすると、変わってきました。時々、強国日本とか、戦える軍隊を、口にするようになったのです。不思議に思って調べてみると、そうした政策の転換は、副総理の後藤外務大臣の考えだとわかりました。現在の状況を利用して、後藤が、海路首相の主張の形をとって、自分の主張を、政治に生かしているのです。他国から、日本は変わったと、警戒されるようになってきましたが、その責任は、後藤にあります。海路首相は高齢だし、病弱で、今回のように、急に入院することもありますから、間もなく、首相を退くでしょう。そして、与党で、第一派閥の後藤が、次の首相になる可能性が出て来ます。後藤首相が誕生すれば、今より、保守的で、強引な政策をとり、日本を危険にさらす恐れが、強くなります。日本が危ないと叫び、軍備に金を使えと、主張するでしょう」

「しかし、そう考えると、現在の海路首相には罪はなく、暗殺する必要はないことになりませんか？」

「一見、そう思えますが、違います。現在、海路首相は、病気で気弱になり、後藤に対して、弱気です。いずれ近いうちに、政界を引退せざるを得ないでしょう。海路首相としては、自分が引退した後、孫を自分の選挙区から立候補させ、国会議員にさせたいと思っています。しかし、そのためには後藤のバック・アップが必要です。なにしろ海路は小派閥の出身ですから、党内では力がない。そこでどうしても、後藤の支援が必要になるのです。ですから、後藤の唱える右傾化政策を、受け入れているわけです。海路は、後藤に『自分の言うとおりの政策を実施すれば、あなたは日本の歴史に残る、偉大な政治家として、名を刻むことができる』とおだてられているのです。後藤の方も、こうして、自分が首相になった時の、基盤作りをやっているのです。後藤が強国日本を目指せとか、国境争いに、軍隊を出せと言ったら、警戒されますが、海路首相が言えば、あまり警戒されない。海路の右傾化政策は、最初は、国民はもとより、マスコミや野党から批判されるでしょう。しかし、時間がたてば、反発や抵抗は弱まり、沈静化していくものです。海路首相が亡くなるか、首相の座を下りて、後藤首相になった時には、国民はあきらめの境地になっていて、反対できないような日本に、なっているかも知れません」

「それは、東條と近衛文麿《このえふみまろ》との関係みたいなものですか?」

「そうですね。太平洋戦争について考えると、東條一人を、悪者にしがちですが、彼の前の首相だった、近衛の責任も重大です。とにかく、軍部を増長させ、アメリカとの関係を悪化させ、どうすることもできなくなって、東條に放り投げたんですから、近衛の方が、東條より責任は重いという人もいます。海路と後藤の関係も同じです。海路は、今の首相ですが、よく見れば、後藤のいいなりです。後藤が首相になった時の準備をしてやっているのです。それも、後藤が言ったのでは、用心されてしまうが、海路の口から出ると、警戒されない。後藤は、明らかに、それを利用しているのに、海路はそれに気付かずに、せっせと、後藤のために働いているのです。正直に言えば、後藤より、海路の方が、危険な存在だということが、出来るのです。近衛が、首相として、しっかりしていたら、東條は、出て来なかったろうと言われています。同じことが、海路首相についても、言えると思います。後藤も危険だが、海路首相の方が、見方によっては、罪が重い。海路首相は、なんでも後援会長の浅川清が差し入れたジオラマ・セットを病室で組み立てて、医者や看護師たちに見せているそうです。国境の二島のジオラマです。二島の間の間隔は、二千メートル。その間をコンクリートで固めれば、立派な飛行場ができあがる。ただ、問題は、隣国との関係でしょう。一週間したら、海路首相が、その問題を解決したというので、医者と看護師たちが、病室に集まったら、ジオラマは、そのままだった。一週間前のものと、どこが違うんですかと言ったら、海路首相が、掌の中の操作ボタンを押すと、二島間の海が割れて、二千メートルの滑走路が、浮かび上がってくる。二つの島には、洞窟が掘られて、長距離砲が、据え付けられているが、扉を閉めると、元の島だ。看護師が『これは、何ですか?』と聞くと、海路は、笑って、答えたそうだ。『国際間の問題だって、わからないうちに、既成事実を作ってしまえばいいということだよ。私の後を継ぐ後藤君は、私より、もっとうまく。既成事実を作っている筈だ』。これが海路の言葉だ。海路は、明らかに、冗談めかしながら、後継者の後藤のために、既成事実を作っているとしか思えない。海路のジオラマは、単なる模型だが、明らかに、みんなの反応を見ているんだ」

「そう言えば、入院中の海路は、医者たちを呼んで、自分が変わったことを、見せようとしていますね」

と、野崎は、言ってから、

「現在、ホンモノの海路首相は、浅川の別荘にいるのか、それとも、中央病院にいるんでしょうか？」

「それを確認しておく必要がありますね。別荘にいるのが、ホンモノなら、襲撃する時の手順も、調べておく必要もありますからね」

と、小松崎が言った。

その翌日、野崎に、佐伯、それに木戸みゆきの三人が、ハイカーの恰好で、熱海に向かった。

男だけでは、恰好《かっこう》がつかないが、女の木戸みゆきが加わると、何とか、ハイカーに見える。

歩きながら、木戸みゆきが、野崎に言った。

「浅川は、海路首相の後援者でしょう。その浅川が、ニセモノを作ったり、どちらかを、自分の別荘に隠したりしている目的は、何でしょうか？」

「私は、最初、海路首相を守るためだろうと思ったのです。副総理の後藤が、海路首相に禅譲を迫っているらしいという噂ですから。しかし、ここに来て、浅川が、後藤の側についたのではないかと、考えるようになりました。海路はここへ来て、後藤の考えに近い行動をとることが多くなりましたからね。これは、海路の変心でもありますが、浅川の圧力でもあると思うのです」

「つまり、浅川が、後藤の味方になって、海路首相を裏切ったということですか？」

「もともと、海路首相というのは、優柔不断な性格で、圧力には弱くて、浅川や後藤の言いなりになっているとも考えられます。今のところ、浅川、海路、後藤の三人は、そろって、右寄りの政策をとっていますから、誰も殺さずにすんでいるのだと思いますね」

「それが上手《うま》くいかなければ、浅川は、海路首相を殺すつもりだったんでしょうか？」

「ニセモノを作っていますからね。戦時中、東條首相暗殺計画を実行したグループと、同じ考えですよ。危険な人間を暗殺しても、それ以上に危険な人間が、後継者におさまってしまったら、暗殺は失敗ですからね。まぁ、今回は逆に、海路首相を暗殺しても、穏健派の人物が後継者になったら、元も子もないわけですよ。だから、浅川、あるいは、後藤が、海路のニセモノを作っておいたんだと、思いますが、二人共生きているから、ホンモノの右傾化に、満足しているんでしょう」

と、佐伯が、言った。

4

浅川清の別荘は、熱海駅を降りてから、山手の方向に、十五、六分歩いたところにあった。

近くにホテルがあり、三人はまず、このホテルに、チェック・インした。窓から、問題の別荘が見えるので、しばらく、別荘を観察することにしたのだ。

夕食の時は、カメラをオンにして、窓に並べておき、三人は、食堂で、食事をした。

三人には、今回の暗殺計画以外に、語りあいたいことがあった。

それは、三人の祖父が参加した東條首相暗殺計画のことである。

「私は、暗殺という言葉に、拘《こだわ》るんだ」

と、佐伯が、言った。

「文字通りに解釈すれば、表ざたにせずに、ひそかに殺すことになる。今回も、完璧に実行されれば、標的は、殺されたことが、わからずに、死ぬことになるわけだよ」

と、野崎が、言う。

「私も、時々、戦時中の東條首相暗殺計画のことを、考えてしまうわ」

と、木戸みゆきが、言った。

「祖父は、亡くなる時、初めて、東條首相暗殺計画のことを、私に、話してくれたんだけど、その時、私が、成功したのと聞いたら、ああ、成功したと、言って、ニッコリしたのよ。でも、普通に考えれば、東條英機は、戦後、まだ生きていて、東京裁判で、有罪になり、連合国側によって、処刑されたんだから、暗殺計画は、失敗したんじゃないかと、思うんだけど」

「私も、同じことを、考えたことがある」

と、野崎が、言った。

「そうだな。どうしても祖父が関係した東條首相暗殺事件が、気になるのは、どうしてなんだろう？」

佐伯が、言った。当惑の表情だった。

「それは、今回の暗殺計画と、よく似ているからだろう。だから、気になるんだ」

と、野崎が、言った。

「お二人は、どうして、今回の計画に参加することにしたんですか？」

と、みゆきが、二人に聞く。

「正義感、プラス好奇心」

と、佐伯が答え、野崎は、

「宿命」

と、言った。

「宿命――ですか？」

「最初に誘われた時は、断りましたよ。しかし、祖父の名前を出されて、承知したんだ。小さい頃、両親が若くして亡くなり、祖父が私を育ててくれた。祖父はよく言っていた。一人の独裁者を消すことで、何万人、何十万人の命を救うことができることもあると、教えられた。『人を殺すことは本来、許されることではないが、大義のためには、やむを得ない場合もあるのだ』と。祖父の言葉に納得し、自分もそうありたいと、望んでいたから、オーケーした。祖父のことがなかったら、絶対に拒否していた」

「東條首相暗殺計画の謎も、解明したいとおっしゃったことがあるけど、どんな謎のことを言っているんですか？」

と、みゆきが、聞く。

「君も、あの計画が、成功したのか、失敗したのか、わからないと言ってたじゃないか。君にとっては、それが謎だったわけだろう？」

「確かに、そうなんだけど」

「私と、佐伯さんは、君の質問に答えて、今回の計画に参加した理由を、言った。君も参加した理由を言うべきだよ。いったい、なんなんだね？」

と、野崎が、聞いた。

「そうね。私は、女子刑務所の看守を長い間、やっていて、殆どの受刑者は、貧しいがために、犯罪に手を染めたことを、知ったの。いくら綺麗事《きれいごと》を言っても、お金が人生を変えるのよ。看守なんて、薄給だから、この話が来た時、小松崎さんに、成功すればハワイで暮らせるくらいの報酬が出ると聞いて、了承したの。もう一つは、これ」

　みゆきが、ハンドバッグから取り出したのは、少し黄ばんだ象牙《ぞうげ》の破片だった。

「何だ、それは」

　と、野崎が、聞く。

「これは、祖父の形見なの。祖父は、東條首相暗殺計画に参加したことが、自慢だったんだけど、誰も信じてくれなかった。東條は戦後まで生きていたんだから、嘘だと言われる。祖父は、いつも悔しがっていたけど、その祖父が、最後まで大事に持っていたものだから、私も大事にしているの」

　と、みゆきは、言った。

　その時、野崎の携帯が鳴った。

　小松崎からだった。

　急遽、茅ヶ崎《ちがさき》に行くようにということだった。

「熱海の別荘調べは、中止して下さい」

　と、小松崎は言って、電話を切った。

　野崎たち三人は、顔を見合わせた。

何か、重大な事態が、起こったのかもしれない。

三人は、不安な気持ちを抱きながら、急いで茅ヶ崎に向かった。

第四章　沈黙のサムライたち

1

野崎英明は急に呼ばれて、他の二人と茅ヶ崎に向かった。

野崎は、自分たちを「沈黙のサムライ」と呼んでいた。状況の変化によっては、明日にも、総理大臣、海路徳之の暗殺を命令されることも考えられる。その場合、他人はもちろん、家族にも、一言も喋らず、暗殺を実行しなければならない。何よりも、「沈黙の中で」の実行が要求されるのだ。

茅ヶ崎の海岸に建つ集合場所は、誰の目にも、無機質な、平凡な建物に見える。表札にはローマ字で「KURAMOTO」と記されていた。この首相暗殺計画が立案されていらい、この家が、しばしば、連絡場所として使われているらしい。緊急の時、場所が指定されなければ、ここに集まるように、指示されていたのである。

首相暗殺計画の責任者は、倉本広次《くらもとこうじ》という男だった。表の顔は「少壮の政治学者」である。日本の大学を卒業後、アメリカ、ヨーロッパの大学で、政治学を学んだあと、どこにも就職はせず、評論家として、テレビや新聞で、日本の政治や、社会について、厳しい批判を展開している。

一時、海路首相のブレーンの一人となったが、批判の矛先《ほこさき》をとがらせ続けた末に、自ら辞職していた。

その倉本と、野崎たち三人の間は、いつもは、小松崎が、連絡係をしているのだが、今日は、その姿はなかった。

「お会いするのは、今日が初めてですが、皆さんには、特別、親しみを感じています。皆さんと同様に、私の祖父も戦時中、東條暗殺計画に関わった、海軍少将だったのです。私たちは、祖父の時代からの同志と言えます」

と、倉本は、笑顔を見せた。

三人は、倉本と二階にあがった。窓を開け放すと、外には、青い海が、広がっていた。

その部屋に腰を下ろすと、野崎がまず、倉本に、言った。

「突然、私たちを呼んだのは、計画が変更されたからですか？」

「それは、ありません」

あっさり、倉本が、否定した。

この海路首相暗殺計画は、途中で、問題が二つ起きた時には、ただちに、中止されることになっていた。

その問題というのは、第一に、海路首相が、病気が悪化して、亡くなった場合。第二は、海路首相が自ら辞任をした場合。このどちらがあっても、その時点で、首相暗殺計画は、中止することになっている。突然の呼び出しだったので、野崎は、計画が中止するような事態が起きたのではないかと思ったのである。

しかし、倉本は、野崎の疑問には答えず、

「昨日の午後、駐日アメリカ大使が、中央病院に入院している、海路首相の見舞いに、訪れた」

「しかし、中央病院には、海路首相はいませんよね？　今、熱海の後援会長の別荘にいるんでしょう？」

と、野崎が、聞いた。

「ああ、そうだ」

「政府は、どう対応したのですか？」

「中央病院側は、海路首相は、面会謝絶で、誰とも、会うことができないということで、何とかごまかしたが、駐日大使は花束と、それから、海路首相に宛《あ》てた親書を、持ってきた。この親書は、たまたま、居合わせた、官房長官が受け取った。そして、各大臣たちを集め、その内容を説明した。私たちの、同志の政治家が、そのことを密かに知らせてくれた。これには新年を迎えて、新しい年の、アメリカの対日観が、書かれている」

倉本は、持参した、三枚のメモ用紙を一枚ずつ、野崎たちに、渡した。

英語と日本語が、併記《へいき》された、簡単なメモである。

野崎は、それを、声には出さずに読んだ。

一　現在の日本の政策について、アメリカは、急激な変化を望んでいない。今まで通りの対応を希望する。
二　アメリカ政府には、日本政府の国内政策について、口をはさむ気持ちは全くない。
ただし、日中韓三国間については、問題となるような事態を引き起こすことは、止めて貰いたい。
三　最近、日中間、並びに日韓の間で、歴史認識の問題が起きているが、アメリカとしては、この問題に関して日中・日韓の間で争いが起こるようなことは望んでいない。日本には、大人としての対処を要望する。

「アメリカは、海路首相が、入院したあと、その病状が、重いらしいと、見たのだろう。次の総理大臣に誰がなるのか、そのことで日本の政策が、大きく転換することを、心配しているんだ。だから、この親書を海路に寄越した。その狙いは、近隣諸国と軋轢《あつれき》を生まないように、穏健な後継者を選んで欲しいということだ」

と、倉本が、言った。

「もし、現在、副総理の後藤典久が正式に総理になるようなことがあれば、その後の対外政策が、大きく変わるかもしれませんね。現在、総理の代理をやっていて、これからも、今まで通りに海路首相の路線で行くと、折に触れて明言していますが、噂では、後藤典久が、正式に総理大臣になったら、より強硬な路線を取るに違いないと、マスコミから、そういう声が、盛んに聞こえてきていますよ」

と、野崎が、言った。

「たしかに、君の言う通りだ。アメリカは今は、中東問題で、精一杯だからね。だから、アジアでは、厄介《やっかい》な問題を、起こしてほしくないんだろう。それで、わざわざこうした三つの要望を、アメリカ大使が、伝えてきたんだと思っているね」

「アメリカ側は、海路首相が亡くなったり、総理の地位を去った場合、党内で総裁選が行われても、より右翼的な後藤典久が当選することは、今の状況から見て、あり得ないということを知っているのでしょうか?」

「もちろん、わかっている筈だ。アメリカのことだから、綿密に、調査や分析をやっていると思うからね。海路が、入院している中央病院に、後藤が日参していることは、アメリカも知っている。日本にFBIや、CIAの要員は、ごまんと配置されているし、電話の盗聴などは、お手のものだからね。当然、後藤が海路に、総理大臣の座を禅譲してくれと、説得していることも、承知のはずだ。海路が、禅譲を渋っているのも、お見通しだと思うね。しかし、突然、状況が変わることがあるから、アメリカとしては、それが、心配なんだよ」

と、倉本が、言った。

そのあとで、倉本は、今日の日付で、日米間で公表された秘密について話した。

「これは、今日までの十年間、日米間で、秘密にされていたことが、公表された。

いくつかあるのだが、その一つとして、八年前に突然、辞職した塚田《つかだ》首相のことを考えたい」

「確か、慢性の心臓病が悪化して、総理の重責に堪《た》えられなくなったのが、辞職の理由でしたね」

と、野崎が、言う。

「辞職理由があいまいだといって、マスコミに追い回されて、中央病院に逃げ込んだんだ。塚田首相は、若い時から、その右翼的な言動で有名だった。例えば、日本は、太平洋戦争に負けたわけじゃない。今も、戦争は続いている。従って現在は、一時的な休戦状態だから、敗者のように振るまう必要はない。戦争中に押しつけられた憲法も、無効である。少しばかり、無茶な論理だが、この発言や行動が、歓迎され、次第に、保守党内で、勢力を延ばしてきて、ついに、六十歳で、首相になり、塚田内閣が、発足した。その第一声が、アメリカとの安保条約の改定だった」

「あれは、歓迎されましたよ」

と、佐伯が、言った。

「何をするのか、不安視していた国民は、あれで、ほっとしたんじゃありませんか？　それに、何となく、安保条約は、不平等だと思っているから、塚田首相を応援したんです。このあと、塚田首相は、外務、防衛大臣を連れて、アメリカに乗り込んでいきました。ところが、向こうに着いて、三日目に、塚田首相が倒れて、急遽、帰国し入院、安保改定は、延期になりました」

「結局、塚田首相は、国民の人気が尻すぼみになり、退任。その後、安保条約そのものに、反対していた野党が、政権の座に着きましたが、結局、条約改定に、手をつけられなかった。そして、三年前に政権を奪取して、今の海路が、次の首相になったが、海路は、アメリカと事を荒立てたくないので、安保は今のままでよいと考え、結局、今日まで、改定されていない」

「改定の経緯については、秘密のままでしたね」

「塚田首相の病気のため、改定作業は、無期延期ということだけ発表されましたね」

「それが今日、アメリカ側と、日本側で、同時に発表された。塚田首相の心臓病が、原因で延期されたなんて、何処《どこ》にも書かれていない。理由は、アメリカ側の猛烈な反対だ。塚田首相は、アメリカ側の反対の激しさに、驚いてしまったんじゃないか。仕方なく、心臓病を理由にして、改定作業を無期延期して、帰国した。これが真相だと発表された」

と、倉本は、言った。

「塚田首相は、アメリカに、堂々と物が言える首相ということで人気があったので、病気で退任された時は、正直、残念に思いました。しかし、こんな真相があったなんて、がっかりです」

と、佐伯が、言った。

それに対して、倉本は、

「その時、塚田首相が、アメリカに妥協して良かったんだよ。政治家の中には、日本とアメリカとは、対等だと言う人がいるが、とんでもない。対等なのは、思想的な面だけであって、もし、今、アメリカが軍事力を行使し、原爆と、大陸間弾道弾《ミサイル》で攻撃したら、何十回、いや、何百回、日本の国土が灰になるかわからない。従って、塚田首相が、病気を理由に、退任したのは、賢明だったんだ。問題は、今の海路首相だよ。高齢だし、病気で気が弱くなっているから、政権を放り出して、後藤副総理の言いなりになる危険があり、どんな態度をとるか、予想がつかない。それに、アメリカは、副総理の後藤典久は、昔の塚田首相よりも、右寄りで、下手をすると、中国と戦争状態になることも、いとわない国粋主義者だと、見ているんだ。いざとなれば、アメリカは、日本を守るということになっている。しかし、日本のために、アメリカ兵に血を流させるつもりは、まったくないのが、本音だよ。アメリカは、日本が周辺諸国と、仲良く、やってほしいと、思っている。だから、強い政権を望んでいない」

「塚田首相といえば、自分こそ、真の保守だと自慢していて、憲法改正の推進や、アメリカとは距離を置く、独自の外交路線の展開を、主張したんでしたね。そうした強硬な政策を掲げて、総裁選に圧勝したと記憶しています」

と、佐伯が、言った。

「その通りだ」

と、言ってから、それに付け足すように、倉本が、続けた。

「私は、塚田首相が、帰国した時の言葉を聞いている。当時、塚田首相は、何よりも、早期に、一刻も早い、憲法改正を主張していたから、どんな勇ましい、演説になるのかと思って、興味深く聞いていたら、意外に大人しい演説だったので、何とも拍子抜けした気分を、味わったことを、私は今でも、よく覚えている。それで、ああ、塚田さん自身も、アメリカの意向を察して、ああいう穏やかというか、後退したというか、アメリカが安心する演説に修正したんだと思ったね。その点、塚田首相は、賢明だったということだ」

「塚田首相は、今までとは、違うところを、見せようとして、アメリカに乗り込んだのに、勝手な政策変更は許さないという、アメリカ政府の強烈な意向を知って、あわてたんじゃありませんか」

野崎が言うと、倉本は笑って、

「そんな言い方も、出来るかもしれないな」

「それから十年たった今も、アメリカ政府の日本に対する考えに、変わりはないんですか？」

「前よりも、日本に対して、勝手に政策変更はするなという要求は強いね」

「なぜですか？」

「今も言ったように、中東で問題が頻発《ひんぱつ》しているので、アメリカが手一杯だということもあるし、アメリカ自身の力が弱くなっていることもある。だから、アジアで問題を起こしてくれるなということだろうね」

「問題は、海路首相の考え方ですか？」

と、木戸みゆきが、聞く。

「正確にいえば、海路首相の回復いかんだ。それに後藤副総理が、海路首相の病気入院を、利用して、自分の野心を、果たそうとするかどうかだ。アメリカの肩を、持つわけではないが、彼等の心配は、理解できる。海路が、後藤の説得に応じる気配があったら、一刻も早く、申しわけないが、海路首相の命を絶たなければならない」

「今、アメリカ政府の要望書が、アメリカの駐日大使から届けられたと聞きましたが、アメリカ政府の本当の考えが、わかりますか？　倉本さんは、大使に面識があるんでしょう？」

「会ったよ。大使は、十年前の日米間の外交文書が公表されることを、もちろん、知っておられた。だから、なおさら、日米間で、問題が起きないことを、望んでいた。アジアで、日本が問題を起こしても、アメリカ軍は、助けることはできないし、戦争になれば、自衛隊の若者たちが多数死傷すると、正直に言われた」

「全て、日本の自己責任だということですか？」

「別な言い方をすれば、海路首相か、後藤典久が、問題を起こしそうになったら、すぐ、海路首相をどうしたらよいか、考えなさい、ということでもあるんだ。私は、海路首相が、後藤と、禅譲のための覚書を交わす前に、彼に死んでもらうしかないと、考えている。だから、君たちは、その覚悟でいて欲しい」

と、倉本は、野崎たち三人の顔を見廻した。

2

その翌日も、また野崎たち三人は、倉本に呼ばれて、茅ヶ崎の家に集められた。事態が切迫しているとしか、思えなかった。

今日は、倉本のほかに、もう一人、小林忠正《こばやしただまさ》という与党の若手代議士が姿を見せていた。

代議士の顔を見て、野崎は、少し変な気がした。小林代議士は、東北地区の比例候補で当選し、国会での初登場では、一番乗りで話題になった衆議院議員だった。与党の中で、後藤典久の支援を受けたため、その派閥に、属していたからである。

小林が、どうして、ここに来ているのか、どう考えても、野崎には理解ができなかった。

そんな野崎の顔色を見て、倉本が、三人に説明をした。

「今日は、後藤典久議員の派閥に入っている衆議院議員の小林代議士にも、ここに来てもらった。小林さんは、保守党の東北地区比例代表で当選された、三十代の、新進気鋭の代議士さんです。その小林さんがなぜ、ここにいるのか？　君たちは当然、疑問を持つことだろう。そこで、その点を、小林さん本人から話してもらうことにする。私が話すより、本人が話したほうが、君たちも理解しやすいだろうからね」

「小林です」

少し緊張した表情で、小林代議士が、挨拶した。

「私は、まだ、代議士になったばかりの本当の一年生ですが、後藤先生の話に、感銘を受け、選挙資金の支援を、受けたこともあり、当選後すぐ、先生の派閥に入れていただいたのです。ところが、ここにきて、少しばかり、考えが、変わってきました。実は、一ヵ月くらい前に、後藤先生を囲んで、私たち当選一、二回の新人たちが、話を聞くという席を、設けたのです。後藤先生がよく行かれるという銀座のクラブで飲みながら、先生の、お話を聞くことになったのです。ところが、酔ってくるにつれて、先生の本音が、出てきたのです。それを聞いているうちに、これは危ない方向に、進んでしまうと思うようになりました。皆さんも、ご存じのように、後藤先生は現在、病気療養中の、海路首相の代理をされています。いつも海路首相の政策を、踏襲すると、言っておられますが、その日は、相当酔われて、つい、本音が出たと思うのです」

「後藤先生は、どんな本音を、口にされたんですか？」

「とにかく、もうビックリしましたよ。何しろ、後藤先生の口から飛び出してくるのが、勇ましい言葉ばかりなんです。『今の厳しい世界情勢の中で、世界中のどこの国とも、とにかく仲良くする、そんな弱腰では、日本は生きていけない。バカにされるだけだ。もっと、強硬に出ていいんだ。いや、強硬に出なければ駄目だ。日本のやることは、何一つ間違っていないのだから、どこの国も、非難できないはずだ。例えば、韓国との歴史認識の違いだって、明らかに韓国側が、間違っているのだから、日本政府は、どうして、そのことを、もっと強く主張しないのか？　中国に対しても、向こうが領土や東シナ海の石油資源開発、そして、南シナ海の自由航行の規制など、わが国に対して、挑発的な態度に、出てくるのなら、こっちもあらゆる手段を使って、それに対抗しないと、ますますバカにされる。武力行使だって、ためらう必要はない。いや、場合によっては、向こうの航空機を撃ち落したって構わないと思っている。向こうが、領空侵犯しているんだから。その結果、相手が文句を言ってきたら、国際司法裁判所に訴えればいいんだ。間違いなく、日本が勝つに、決まっている。私が総理大臣になったら、そんな政策を、どんどん推しすすめていくつもりだ。私がやることには、間違いなく国民も納得して、ついてきてくれるはずだ。私が、その先頭に立つ。私は、近々、海路首相から、後継者として指名され、総理大臣の椅子に、座ることになるだろう。だから、君たちも、付いて来て欲しい。私には、日本の輝かしい夜明けが、見える』。後藤先生は、そう言って、拳《こぶし》を振り回すんです」

「たしかに、後藤副総理は、かなり過激なことをおっしゃいましたね。あなたが、ビックリしたのもよくわかります」

「以前、私は、後藤先生は、なかなか、勇ましいことを、おっしゃっているなと感心しながら聞いていたんです。しかし、その時は、だんだん怖くなりました。これは、危ないんじゃないか。下手《へた》をすると、日本は、世界で孤立してしまうと、心配になって、倉本さんにご相談したら、実は、それに対抗する計画があると聞いて、ほっとしたんです。私も、その計画に参加したいと思いましてね。今日は、皆さんに、お会いしたいと思って、ここに来たのです」

と、小林が、言った。

「なるほど、了解しました。最初、後藤副総理の派閥に、属している小林代議士が、どうして、ここにいらっしゃったのか、不思議だったのですが、今のお話で、理解することができました」

と、野崎が、言った。

「ご理解いただき、ありがとうございます。私が望んでいることは、皆さん方と同じです」

「今、少しばかり、いやなニュースが入ってきました。一応、お話しておきます」

倉本が、言うと、野崎が、その後の言葉を、制するように、

「もしかして、その話というのは、中央新聞がやった、世論調査じゃありませんか？」

「そうです。今、海路首相が病気で入院しているので、副総理の後藤典久外務大臣が、総理の代理を務めている。そのことも考えてだろうが、中央新聞では、次の総理大臣には、いったい誰を、希望するかという世論調査をやったんです。すると、後藤が一位になった」

「それは、倉本さんもおっしゃったように、後藤副総理が現在、病気療養中の海路首相に代わって、滞《とどこお》りなく、総理の代行を、やっているからじゃないですかね？それに、後藤は、何かというと、海路首相の路線を引き継いでいくと、話しています。それを、新聞やテレビを通じて盛んに流していますから、それで国民は安心して、一位になったんじゃないかと、考えていますが」

と、佐伯が、言った。

「たしかに、その影響は無視できないとは思う。しかし、国民の、判断なんてものは、当てにできない、頼りないものですよ。風の吹き具合によって、右にも左にも、揺らぐものですよ。今や、世界中で、排他的な民族主義者が台頭してきている。アメリカの大統領選で、一大ブームを起こした候補者は、過激な発言を繰り返し、国民の支持を集めている。イギリスでも、EUから離脱したのを契機に、ドイツ、フランス、イタリアなどの国々でも、右派政党が民衆の支持を得ている。後藤副総理は、国民が日本の政治の腐敗や経済の低迷などに、不満を募《つの》らせていることに気づいている。火をつければ、すぐにでも大火になるのを、彼が確信しているのは、間違いない。いちばん気になるのは、この世論調査の結果を見て、後藤典久が、どう考えるかだ」

倉本は、小林代議士に向かって、

「この世論調査の結果は、もちろん、もう後藤も知っているんでしょうね？」

「ええ、もちろん、ご存じです。喜んでいらっしゃいました。それに、後藤先生の、支持者の中には、世論調査の結果を見て、これで、いよいよ後藤先生が、本当の日本の総理大臣になることは、間違いなくなったと、喜んでいる人もたくさんいました。後藤先生の、周りの人間は全て、この世論調査の結果を見て、万歳を叫んでいると、思いますよ」

と、小林が、言った。

「後藤自身は、どうなんだろう？　この世論調査の結果に、どんな感想を、持っているんだろう？」

と、野崎が、聞く。

「後藤先生は、自信家ですから、次の総理大臣は、もう、自分に決まったも同然だ、そんな感じを持っていると、思いますね」

と、小林代議士が、言った。

「たしかに、中央新聞の世論調査の結果では、まさに、後藤典久の圧勝の感じですからね。後藤に反感を持つ、他派閥の議員たちも、この世論調査を目にすれば、表立って抵抗はしませんよ。下手をすると、自分の政治家としての将来が、危うくなると、本能的に、思いますからね。だから、後藤副総理が、自信を持ったとしても決して不思議はない」

と、倉本が言った。

「今までとは状況が、変ったんじゃありませんか？」

野崎が、倉本に、聞いた。

倉本が、考えながら、言う。

「今まで、早い段階で海路総理が退陣するか、亡くなるかして、総裁選が行われるとしたら、党内の人望がなく、人間的にも、危険な後藤典久には、票が集まらないかもしれないと思われていた。しかし、政治も、政治家も、突然変化するから、見通しが立たない。今回の中央新聞の世論調査の結果を見て、次に総裁選で、後藤外務大臣が、勝ちそうだとなれば、一斉に、後藤典久に、人々が、集まってくるだろう。多くの政治家は、風見鶏《かざみどり》で、風の吹く方向を見極めるものだ。誰しもが、勝ち組にいたいからね。逆に私には、それが、やたらに、恐ろしく感じられるんだ」

倉本が、言った時、彼の携帯が、鳴った。

倉本は、野崎たちに、向かって、

「少し待ってくれ」

と、言って、電話に出たが、二、三分、電話の相手と、話してから、

「今、私が話したのは、小西官房長官の側近の代議士だ。君たちに、いつも、連絡を取っていた小松崎君が、仕えている政治家で、私たちの同志の一人だ」

「その人は、何と言っているんですか？」

「彼も、今回の中央新聞の世論調査の結果を見て、驚いたらしい。後藤典久の強権内閣が、出来あがる恐れがあるとも言われた。早く計画を実行に移さないと、最低の時代を、迎えることに、なるかも知れないと、心配している」

野崎も、同じ不安を、感じていた。

「私たちの協力者が言うには、浅川の別荘周辺で、聞き込みをしている刑事らしいものが、いたらしい。浅川たちも、それに気づいて、海路の説得を急いだんだ」

「いつ、暗殺計画は、実行されるんですか？」

「実は、海路首相暗殺計画は、延期することになった。海路は、浅川の脅しに屈して、後藤典久に、首相の座を禅譲することに、同意したようだ。孫を国会議員にするために、後藤が提示した条件を飲んだ。我々は、海路が後藤たちに説得され、後藤を後継者にという覚書を交わすのを、恐れていた。だから、海路が説得される前に、彼を暗殺するつもりだった。ところが、海路は、なかなか首相の座を下りようとしない。だから、そう簡単には、折り合えそうにないと、思っていたが、それが失敗だった。

中央病院では、一週間の面会謝絶と公表していたが、突然、海路はヘリで運び出された。海路の自筆による『後のことはすべて、後藤副総理に、お任せしたい』という覚書は、病院にいる海路の影武者に届けられ、浅川立ち会いの下で、公表されることに、なるだろう」

「海路首相は、どうなってしまうんですか？」

「恐らく、浅川の別荘にいた暴力団の手で、始末されて、しまうだろう」

「では、総裁の任期切れになるまでの、半年間は、影武者が海路になりすまして、政治を行うことになるわけですか？」

「海路首相は、病状が悪化していて、首相の責務は続けられないので、総裁選までは、後藤副総理が、首相代理として、政務を続けるということに、なるだろうね」

「では、暗殺計画は、中止になりますね」

と、佐伯が、言った。

「いや、私たちの本当の標的は、後藤典久だ。彼が首相になることは、断じて阻止しなければならない」

「それは、いつ頃になりますか？」

「政治は、流動するものだから、何日の何時と決めることはできないが、これが絶対に必要なことだということは、はっきりしている。また、チャンスは一回しかないうえに、失敗したら、われわれの敵が、勢いを増すことは、はっきりしている。

それも心に入れておいて欲しい」

と、倉本は言い、改めて、野崎たちの顔を見すえた。

「これから、君たちが、実行することは、殺人だ。どう弁護しようと、まぎれもなく、殺人である。その辺のためらいがあることも、想像できる。戦時中、君たちの祖父は、東條首相暗殺計画に参加し、今回の君たちと同じように、実行グループとして、働いた。もちろん、同じ日本人を殺すことに、ためらいを感じていたことは、わかっている。そのためらいを飛び越えさせたものは、愛だった。それも、ばくぜんとした、国を愛する心といったものではなく、ここで独裁者の東條を殺さなければ、戦争の災禍《さいか》は、ますます激しくなり、自分たちの家族、両親や恋人が死ぬことになる。それを防《ふせ》ぐため、守るために、東條首相を暗殺するのだと考えて、ためらいを乗り越えられたと言った。君たちも、同じように、考えて貰いたい。両親のため、或いは恋人のため、止《や》むなく殺人を犯すのだと」

野崎は、倉本の言葉を聞きながら、家族以外の友人のことを考えていた。

十津川のことだった。これから、三人で、人を殺すことになる。その真意を、十津川だけには、わかって欲しくて、祖父の手記を送ったのである。今頃、あの手記に、眼を通してくれているだろうか？

十津川は、まだ、最後まで手記に眼を通していなかった。

手記のページを開いたとたん、そこに、「遺書」と書かれた封筒が、挟《はさ》まれていたのだ。封書の裏には、「野崎英太郎」の署名があった。

十津川は、手記を読む前に、野崎の祖父が書いた遺書の方に、眼を通すことにした。

3

「遺書」

野崎英太郎

「特高課長だった私は昭和十九年、敗戦の一年前に、他の特高課員二人と、東條首相暗殺計画に参加した。参加しただけでなく、その実行に動いたのである。ためらいが、なかったといえば、嘘になる。私は、そのためらいを飛び越えて、殺人をするつもりだった。何のため、誰のためなのかといえば、子供たちのためである。一人息子は、十五歳だった。あのまま、戦争が継続され、東條首相の狂気が、日本を支配し続けていたら、息子は十七歳までに、間違いなく死んでいるだろう。東條内閣が、徴兵年齢を、十七歳に引き下げたからだ。私が、死ぬのは、仕方がない。しかし、子供まで死ぬのは、我慢が出来なかった。他の二人も、同じことを考えていた。佐伯勇三は、新婚早々の妻がいた。しかも、妊娠していた。その家族を守るために、参加したと言っている。そしてもう一人、木戸公一郎《こういちろう》も、家族のために、決意したと言っていた。彼の父親は、腕のいい菓子職人だった。しかし、強制的に徴用され、九州の軍需工場で働くことになったが、アメリカの艦載機の攻撃で亡くなってしまった。あと家族で残っているのは、母と妹だけである。妹は、まだ、女学生だが、中学校も、授業中止になり、女学生も軍需工場で働くことになるというから、父と同じく、死ぬ可能性が強くなった。だから、東條首相暗殺計画に参加したという。東條首相が交代すれば、戦争が早く終わるだろうと、言われたのを信じたからである。

戦争は翌二十年八月十五日に終わった。

東條英機たちの反対はなかった。

果たして、私たちは、栄光ある愛国者なのだろうか。それとも単なる殺人者なのだろうか。自分でもわからないままに、この苦しみを噛《か》みしめながら、これから生きていくことになるのだろう。いつか自分が死んだら、墓石には、『家族のために非道に走った』と書いて貰いたいものだ」

十津川は、その遺書を読み返しながら、これを書いた野崎英太郎のことより、今も行方のわからぬ友人、野崎英明のことを、考えていた。

4

十津川は、野崎英太郎の手記を読み進めた。

一ページ目は、昭和十八年元旦とあった。

太平洋戦争が開始されたのが、昭和十六年十二月八日だから、一年と二十四日目の元旦である。

この手記を書いた野崎英太郎が、当時、特高課長だったことが、一般の手記と、少し違ったものにしていた。政府や警察について、ある程度、その内情を知っていたから、時々、厳しい指摘になっているし、国民の意識を、重要視しているのは、それが特高の仕事だったからだろう。

元旦の手記には、こうあった。

○昭和十八年元旦

代議士中野正剛の論説「戦時宰相論」が、東條首相の怒りにふれ発禁になったと聞いた。これは、東條首相を激励しているようにも読めるのだが、戦況不利の今は、東條首相も、いらいらして、神経質になっているのだろう。

中野正剛を、東條首相は、憲兵を使って逮捕している。その後、釈放されたが、帰宅後、自殺した。

前年まで、東條を批判する声は、ほとんどなかった。政敵はいたが、東條が、天皇の信頼を集めているので、表立って、批判はしなかったのである。また、東條は、オープンカーで、市内を廻り、気軽く声をかけるので、その水戸黄門《みとこうもん》的な行動で、一般民衆の評判は上々だった。

前年（昭和十七年）の七月に、講演会を了《お》えて退場する東條首相を、熱狂した群衆が取り囲んだ。新聞によれば、熱狂した群衆は、帽子や扇子を打ち振りながら、「米英撃滅だ。東條閣下、お願いします。東條首相万歳と叫んでいる」とある。そして、暗殺計画が、口にされる余地はなかったのである。
それが、五ヵ月たって、昭和十八年になると、がらりと、かわってくるのである。
その辺りを、この特高課長は克明《こくめい》に、記していた。

○昭和十八年一月五日
最近、町ではやっている替歌を二つ、書きとめておく。
「愛国行進曲」の替歌である。

見よ東條のハゲ頭
ハエが止まればツルっと滑る
滑って止まればまた滑る
おお晴朗のハゲ頭

また、「皇紀二千六百年」の替歌も作られた。
金鵄《きんし》上がって十五銭

はえある光　十五銭
それより高い鵬翼《ほうよく》は
高いぞ高いぞ　十五銭
ああ一億は、きざみ吸え

それにしても、驚くのは、東條首相人気の急落ぶりである。以前は、民衆の間を、こまめに廻って、現代の水戸黄門と、ほめられたが、今は、首相なら、他にやることがあるだろうと批判される由。首相も大変だが、戦局が、明るくならない限り、人気は下落を続けるだろう。たしかに、昭和十八年中で、戦局は悪化しつづけている。

○二月一日　ガダルカナル島から日本軍撤退
○四月十八日　山本五十六連合艦隊司令長官、ブーゲンビル島上空で戦死
○四月二十八日　六大学野球連盟解散

○五月十二日　中央公論連載中の「細雪」が当局の圧力で中止

○五月十二日　エレベーター回収

このあたり、事実だけを書いている。エレベーター回収とあるのは、戦時中、金属を回収して、軍の整備にあてようということで、寺の梵鐘《ぼんしょう》が没収されたり、橋の欄干の金具が取り外されたりした。ビルのエレベーターも回収の対象になったのだ。

○五月三十日　アッツ島で守備隊玉砕《ぎょくさい》

この時、初めて玉砕の言葉が使われた。玉砕というのは、「玉の如く潔く砕ける」という意味だが、この時、ラジオのニュースは、次のように報じたのである。
「十倍の大軍を邀撃《ようげき》し、敵の主力に、最後の鉄槌《てっつい》。一兵の増援も求めず、莞爾《かんじ》として死に赴《おもむ》く」

これを冷静に受ければ、アッツ島の守備隊に、援軍を送ることができないので、全滅するのを、手をこまねいて、見守っていたということである。

○六月一日　神奈川県で、ゴルフ場が農園になる
○六月二十五日　閣議で、学徒戦時動員令決まる
○九月四日　上野動物園、空襲に備えて動物を毒殺
○九月八日　イタリア降伏
○九月二十一日　十四歳から二十五歳の未婚の女性を勤労挺身隊として動員
○十月十一日　明治神宮外苑で、出陣学徒の壮行会
○十一月二十一日　マキン・タラワ島で守備隊玉砕

九月四日、上野動物園で殺された動物は、象三頭、ライオン三頭、トラ一頭、豹《ひょう》

四頭である。

十一月二十一日には、マキン・タラワ島で、守備隊が玉砕と報道されたが、実は、このあと、玉砕という言葉は使われなくなるのである。

続いて、クェゼリン・ルオット島でも、守備隊が全滅するのだが、「全員壮烈な戦死をとげた」と発表されて、玉砕の言葉は使われていない。理由は、簡単である。玉砕という言葉は、美しいが、冷静に考えれば、援軍を送らないから、いつかは、全滅してしまうのである。当時、大本営軍令部勤務だった高松宮《たかまつのみや》（昭和天皇の弟）は、次のように手記に書きつけている。

「玉砕はもう沢山。玉砕、玉砕と重圧をかけられると、国民は、精神的に堪《た》えられなくなるだろう」と。

確かに、玉砕という言葉は美しい。しかし、玉砕という言葉が続くと、援軍を送って、助けることの出来ない無力さを国民に感じさせてしまうのだ。野崎英太郎も、そう感じていたのだろう。

だが、昭和十八年には、東條暗殺計画の話は、まだ手記には、出て来ない。

○昭和十九年元旦

国民の通信（ハガキや封書）を検閲した結果、国民の不満が、徐々に溜まっていることが、判明してきた。生活に対する不満である。その不満が、厭戦《えんせん》気分に発展し、軍、官に対する非難に走る危険がある。

毎日、腹がへって、夜、眠れない。そのうちに、国民は飢えて、死んでしまうだろう。何とかしてくれ。（男）

五歳の娘が病死した。柩《ひつぎ》がないので、ミカン箱に入れて、近くの霊園に頼み、茶毘《だび》に付した。不憫《ふびん》で涙がとまらなかった。（女）

何もかも配給である。それも、きちんと配給されないことがある。主食も、米が少なくなり、ジャガイモやサツマイモになったが、これでは力が出ない。マッチもなくなって、板に硫黄《いおう》を塗ったものに代わった。つけ木というらしいが、なぜかさみしくなる。（女）

最近、『闇』という言葉がはやっている。一般の民衆には、配給以外の品が手に入らないのに、軍関係者、特に軍の上層部が、手を廻して、生活必需品や食料品を入手しているという噂が流れている。何々大将の家の玄関には、米俵や炭俵が積み上げられているという噂が、流れていたり、ある軍需工場では、航空機のためのアルミで、弁当箱を造り、それを米と交換しているという噂もある。東條首相閣下、これで勝てますか？（男）

こうした不満は、少しずつ高まっていき、総理大臣に向けられるようになるのだろう。

このあと、やっと「東條首相暗殺計画」という言葉が、手記に現れた。

○昭和十九年二月二十日

今日、突然、部下の佐伯課員から、ぜひ、会って欲しい人がいると言われて、一緒に、鎌倉《かまくら》に向かった。

私は、てっきり大物の思想犯にでも、会わせられるのだろうと思っていた。その思想犯が、転向して、日本政府の中にいる大物の反戦リーダーの名前を打ち明けている。それが、本当なのかどうか、判断して貰いたいといった類《たぐ》いのことだろうと思っていた。というのは、戦局が悪化してから、反戦を唱える思想犯のことが、問題になっていたからである。

北鎌倉にある別荘風の家だった。

そこで、私を待っていたのは、和服姿の中年の男だった。私はひと目で、軍人、それも、海軍の将校だと判断した。

陽焼けして、精悍《せいかん》な顔をしていたし、机の上に、英語の本が、二冊あったからである。陸軍の士官学校、大学では、英語は教えないが、海軍兵学校、大学では、英語を教えていたからである。

「こちら、海軍軍令部の、高木惣吉《たかぎそうきち》少将です」

と、佐伯が、私に紹介した。そのあと、小声で、

「私の遠い親戚です」

と、付け加えた。

高木少将は、まっすぐに、私を見て、

「あなたのことは、彼から、いろいろと聞いています」

と、言ってから、いきなり、

「東條首相のことを、どう思いますか？」

と、聞いた。

一瞬、私は、言葉に迷った。

相手が、何の目的で、そんな質問を、私にしたか、わからなかったからだ。私が、黙っていると、

「職業柄、一般の民衆が、今、どんなことを考えているかも、よくおわかりでしょう？　東條首相に対する人々の悪口でも、かまいませんよ」

「東條首相に対する替歌が、はやっています。これは、軍歌の替歌ですが――」

と、言ってから、私は、

「見よ東條のハゲ頭、ハエが止まればツルっと滑る、滑って止まってまた滑る、おお晴朗のハゲ頭――」

と、歌った。こんな替歌を聞かせれば、相手の反応で、何を考えているかわかるだろうと思ったのだ。

高木少将は、黙って聞いていたが、突然、笑い出した。

「確かに、東條首相は、とんがりのハゲ頭だ」

と、言ってから、

「本日、東條首相は、参謀総長を兼務することになりました。首相、陸軍大臣、内務大臣、そして参謀総長を兼ねることになったのです。ひとりで、ですよ」と、言う。また、私は、黙ってしまった。それが、どうだというのか、わからなかったのだ。

「戦局は、悪くなるばかりです。アッツ島、マキン島、タラワ島と、陸軍守備隊が全滅しています。普通なら、その責任を感じて、東條首相は、陸軍大臣だけでも、辞退すべきなのに、新しく、参謀総長を兼ねることになったのです。権力を強大にして、批判に対抗するつもりです。わかりますか？」

「それは、わかります」

「日本の軍隊の命令系統は、二つあります。陸軍でいえば、一つは、天皇―首相―陸軍大臣―軍隊。もう一つは、天皇―大本営陸軍参謀総長―軍隊です。これを、統帥権《とうすい》というのですが、一つの作戦について、首相、陸軍大臣が、反対しても、大本営の陸軍参謀総長が、天皇の直属と考えられて、他に知らせず、作戦を実行できるのです。東條首相は、この二つのルートを、ひとりで、押さえてしまったので、彼に歯向かうことは、無理になってきました」

「では、東條首相の独裁ということですか？」

「それに近いですね。もうひとつ東條英機には、強大な力がついています。憲兵です。これを、東條の憲兵政治といいます」

「それは、聞いたことがあります」

「実は、今日、私の信頼できる陸軍の友人、牧本《まきもと》陸軍少将を連れてきて、あなたに会って貰うつもりでしたが、東條の憲兵に連行されてしまいました」

「陸軍の将校が、ですか？　何の容疑ですか？」

「反軍思想の持ち主ということですが、正確に言えば、反東條思想ですよ」

と、高木が、言う。最初は、東條首相と言っていたのが、東條英機に変わっていた。

「それで、私は、何の用で呼ばれたんですか？」

と、私は、聞いた。

「このままでは、日本は、滅びます。天皇の日本なのに、東條の日本になっているからです。それを防ぐためには、東條英機を、抹殺《まっさつ》しなければいけないのです」

その「抹殺」という言葉に、私は、ドキッとしたが、すぐに立ち直った。何しろ、死が、日常化してしまった時代だからである。

「戦局悪化の責任をとって、東條首相を退陣させることは、できないんですか？」

私が言うと、高木は、笑った。

「そんな人間じゃありません。東條は、参謀総長を兼務するようになったばかり。首相は、各大臣に命令できるように、法律を改正しようとしているんです。そうなれば、東條は、どんなことでも、どんな人間にも、命令できるようになってしまうのです」

「あなた方の考えているのは、東條首相暗殺計画ですか？」

「そうです」

「どんな人が、参加しているんですか？」

「秘密は、守れますか？」

「守ります」

「鳩山一郎、吉田茂、米内光政《よないみつまさ》、重光《しげみつ》外務大臣、他にも、賛成する人たちは、います」

「私は、その人たちに比べたら、特高課長にしかすぎません。なぜ、私が、必要なんですか？」

「この人たち、それに私や陸軍参謀本部の情報課長牧本少将は、前々から、東條の憲兵隊にマークされていて、東條に近づけないのです。怪しい動きをしただけで、牧本少将のように、逮捕されてしまいます。だから、あなたを呼んだのです。実行力があり、東條に近づける人間ということです。力を貸してくれませんか」

と、高木少将が、言う。

「私の今の仕事は、日本の治安を守ることです。そのことを考えると、参加は、できません」

と、私は、言った。

そのあと、三日間、手記の記入はない。それだけ、ショックが、大きかったのだろう。

そして、昭和十九年二月二十三日の手記になる。

○昭和十九年二月二十三日

今日、再び、北鎌倉に呼ばれた。私は、例の東條首相暗殺計画には、協力できないと、断ろうと考えて、北鎌倉に向かった。

高木海軍少将が、私を迎えた。

今日は、佐伯の代わりに、背広姿の男がいた。

「こちらは、中国や満州で、活躍している児玉《こだま》機関の園田《そのだ》君です。あなたに、あることを紹介したくて、その証人として、来て貰いました」

と、高木が、言う。

児玉機関という名前は知っていた。しかし、中国や満州で、軍のやれないことを、代わってやっているぐらいしか、知らなかった。

「今日は、私が調べた東條英機について、お知らせしたいのです。私たちの計画に、参加するかどうかは、そのあとで、決めてください」

と、高木は、言った。

「東條は、様々《さまざま》な方面に多額の金をばらまいて、自分に対する支持を集めています。東條が一番必要としているのは、天皇陛下の信頼です。天皇陛下が、東條を支持している限り、彼を暗殺することはできません。そこで東條は、宮廷対策に膨大《ぼうだい》な金を使っています。皇族は、もちろん、枢密《すうみつ》顧問官やその夫人にも、贈り物をしています。次は、政治家、役人に対する買収費です。最後は、軍関係、特に陸軍省関係者に対する、金の使い方は、大変なものです。陸軍大臣の東條は、陸軍の機密費を使えます。本来その金は、戦力強化のために使うものですが、これでは戦力にはなりません。それでも、その金額は膨大で、陸軍の機密費だけでは足りません。東條は、どうやって、巨額な買収費を作っているのか、わかりますか？」

「わかりません」

「アヘンです」

「アヘン？」

「日本の国力は、さほど大きくは、ありません。魔法のように、戦争に使う金が、湧《わ》いてくることはありません。唯一、金が生まれるのは、中国でのアヘンの密売からあがる利益なんです。他にありません。そこで、東條英機の資金の出所は、アヘンの密売ではないかと言われているんです。それが、今回、この園田君の証言で、はっきりしました。日本の軍隊に代わって、アヘンの生産と売買に関係しているのは、興亜院《こうあいん》という役所なんですが、園田君たち児玉機関は、この売買の方を引き受けています。園田君が、調べてくれたおかげで、東條英機は、アヘンの売買の収益金十億円を、この興亜院の政務部長から、受け取っていたことが、わかったのです」

と、高木が言い、園田が、ポケットから領収書を取り出した。東條英機の秘書官が書いた十億円の領収書だった。

「そこに署名している東條の秘書官は、十億円は、東條英機に渡したと証言しています」

私は、黙って、しばらく、その領収書を見つめた。

（アヘンか……）

と、思った。

「すぐに、答えを要求はしません。二十四時間待ちます」

「いや、今、決めました。東條首相暗殺計画に、参加させていただきます」

と、私は、言っていた。

第五章　野崎英太郎の手記（続き）

1

○昭和十九年二月二十四日

　私たちは、急ぐ必要がある。戦局の悪化に反比例して、東條英機の権力は強くなり、考え方は、狂的になっていくからである。先日、東條首相が、突然、陸軍航空士官学校に現れ、生徒たちに向かって、アメリカの爆撃機が現れたら、どうやって撃墜するのかと質問し、生徒たちは、戦闘機で撃ち落としますとか、高射砲でと答えると、東條首相は、突然、怒り出し、「敵機は、精神力で、落とすものだ」と言って、生徒たちが、あっけに取られたという話も聞こえてくるし、色紙を頼まれると、「精神一統何事か成らざらん」と、好んで書くそうである。アメリカとの圧倒的な戦力の差を考えると、東條首相にしてみたら精神力を強調せざるを得ないのだろうが、いやしくも日本帝国を率いる総理大臣である。更に陸軍大臣でもあり、戦略を考える参謀総長でもあるのだ。それが、精神力しか口にできないのでは、困るのだ。こんな人間に、日本帝国を委《ま》かせていたら、わが国は、破滅に向かって、すすむより仕方がないだろう。

東條首相暗殺計画の呼びかけ人たち、鳩山一郎先生、吉田茂先生、高木海軍少将などは、一刻も早く戦争に終止符を打ち、和平を考えているのだが、その最大の障害が、東條首相の存在だと言える。一刻も早く、東條首相を排除しなければ、日本は滅びてしまうし、歴史のある天皇制も、傷がついてしまうだろう。

しかし、鳩山先生たちには、東條の憲兵が、ぴったり張りついているので、集まって、暗殺計画について、相談しようとすれば、忽《たちま》ち逮捕されてしまう。何しろ、マークした人物が、三人以上集まれば、その場で逮捕されるというのである。

そこで、電話や、文書を使って、作り上げられた、最終の東條首相暗殺計画が、送られてきた。

一、名称　東條首相暗殺計画

一、期日　マリアナ諸島（サイパン、テニアン）がアメリカの手に落ちるまで。
一、条件　東條首相を暗殺するが、彼が殺されたことは、国民には知られないこと。

そのためには、東條首相の替玉を使う。

東條は、昭和十六年に、首相についた時から、影武者を三人作っている。彼はライバルを、憲兵を使って、次々に閑職に追いやるか、自死に追いやっているので、自分の命が狙われることも考えての替玉である。

戦局が悪化してから、東條は、よく激怒することがあった。自ら影武者を作ったのに、自分に似た人間がいることに、腹を立てて、三人の中の二人を、消してしまった。そこで、われわれは、三人目（本名北川悠介《きたがわゆうすけ》・五十五歳）を、保護した。暗殺計画の仕上げに必要だからである。
一、実行　東條が、東京にいる間は、暗殺は困難である。なぜなら、東條の取り巻きで、憲兵に影響力を持つ、東京憲兵隊長の四方諒二が、警備に当たっているからである。
われわれが入手した情報によれば、東條首相は、三月に一週間の予定で、伊勢《いせ》神宮に参拝した後、九州まで足を伸ばし、本土決戦で、九州防衛に当たる第六師団の激励に行くという。これは、かなり、信頼度の高い情報である。
一、暗殺　この一週間の伊勢・九州旅行では、東條はいつもの通り、大型のオープンカーで通す予定になっている。
　襲撃するチャンスは、二回と考えている。一回目は、名古屋《なごや》である。ここで、東條はM軍用車両の社長（柳沼更一郎《やぎぬまこういちろう》）の別邸に一泊する。二回目は九州で、防衛に当たる第六師団の師団長と別府《べっぷ》温泉のK旅館で、一泊する。この二つ以外に、チャンスはない。
一、実行　東條を襲撃する場合、まず、誘拐し、行方不明の状態を作り、その間に、影武者（北川悠介）と、すりかえる。更に、重傷を負ったということで、病院に運び、面会謝絶にする。
　替玉を家族や部下に会わせると、発覚するおそれがある。そこで、皇族に頼んで、この事件に対する天皇陛下のお言葉を頂き、それを発表する。

『汝《なんじ》が、賊に襲われ、重傷を負ったことを聞き、心配している。しばらくは、ひとりで静養に努め、回復に努めよ』。

　これで、替玉を、ひとりで静かな温泉地に行かせることができる。

○昭和十九年二月二十五日

暗殺計画の実行には、私と同じ特高の佐伯の二人だけでは心もとないので、私が前から、一緒に働いていた木戸公一郎を、仲間に入れることにして、了解を得た。とにかく三人になったのだ。

○昭和十九年二月二十六日

東條首相の伊勢・九州視察の日程が、わかった。

それを知らせてくれたのは参謀本部情報課長の、松下《まつした》陸軍大佐である。前任者は、反東條の疑いで、憲兵隊に逮捕されてしまっている。

現在、東條は首相、陸軍大臣に加えて、陸軍参謀総長も兼ねている。つまり、松下の上司である。

「東條首相は、あなたは、信用しているんですか？」

と、私は聞いてみた。

「私は、ひたすら、参謀総長東條英機のご機嫌をとっています。ですから、東條は、自分に反対するだけの気骨が、私にはないと、思っているでしょうね」

「しかし、今回の視察旅行には、同行されないんですか？」

「沢田《さわだ》作戦課長が、同行することに、決定しています。私は、どうなるか、わかりません。東條首相は、私のことを、心から信用しているとは、思えませんから」

と、松下大佐は、言ってから、東條の予定表を、見せてくれた。

三月一日　東京出発
三月三日　名古屋。早朝、伊勢神宮参拝
　　　　　M軍用車両会社社長と会食
　　　　　社長の別荘で、一泊
三月四日　広島《ひろしま》師団本部で、師団長と会食
三月五日　九州博多《はかた》
三月六日　九州に展開する第六師団長と、別府温泉内の旅館で懇談《こんだん》

「東京・九州間は、各県一師団が警備を担当することになっています」

「帰りの予定表は、ないんですか？」

と、佐伯が、聞いた。

「往路で、歓迎されたら、復路も、オープンカーで帰る。往路で何かあったら、陸軍の大型機を使うそうです」

「余程、オープンカーが、お気に入りなんですね」

と、木戸が、言う。

「ヒットラーの真似ですよ。オープンカーに乗れば、国民に近づけると思っているんでしょうね」

「アメリカ車でしたね？」

「そうです」

「同乗するのは、わかっていますか？」

「後部の座席の、東條首相の隣に座るのは、東京憲兵隊長の四方諒二です。運転手の隣、助手席には、東條首相の秘書官が座ります。もちろん、二人とも、拳銃を持っています」

「オープンカーの前後にも、護衛の車がつきますね？」

と、私が、聞いた。

「前後二両ずつです。が、これは、各県一師団ですから、師団の車と、あと三両です」

「新しい県に入る度《たび》に、警備の車も、交代するんですか？」

「そうです」

「なぜそんな面倒《めんどう》くさいことをやるんですか？」

「東條首相にしてみれば、各師団の忠誠心を試したいんでしょうね」

と、松下大佐は、また、笑った。

「東條首相のオープンカーが、走行中は、前後に二両ずつ、四両の軍用車ですか？」

「そうです」

「われわれは、三人ですから、走行中の東條首相を狙うのは、難しいですね？」

「そうですね。それに、道路上で、東條首相が、死ぬところを見せては、まずいのです。だから、名古屋の柳沼邸か、別府温泉の旅館に泊まっているところを、襲うのです。その場で重傷を負わせ、東京の病院に転院する列車の中で、影武者と入れ替えるんです。東條首相は、重傷で、東京の病院に運び込まれて、皇族のどなたかが、天皇陛下の見舞いのお言葉を発表するのです。東條首相に対して、しばらく、静かに休養せよというお言葉です」

「それで、東條英機と、他の人間とを、隔離してしまうわけですね」

「そうです。もちろん、影武者の男には、自分の役目をしっかり、教えてあると聞いています」

と、松下大佐が、言った。

「その男は、どんな気持ちで、われわれに協力する気になったんですか？　その気持ちを、前から知りたかったんですが」

と、私は、言った。

「普通、影武者は、死ぬまでホンモノに忠誠をつくすものですが、今回は、東條の気まぐれが、われわれにプラスになりました。三人の自分の影武者を作っていたんですが、敗戦が続くと、自分の影武者の存在に、いらいらし始めたんです。そこで、二人の影武者を消してしまった。それを見て、三人目の影武者が、逃げ出して、われわれに、協力するようになったんです」

「影武者の存在を知っている人は、多いんですか？」

「いや、ほとんど、知らないと思いますね。私や、大本営で、一緒だった前任者は、気付いていましたが」

と、松下大佐は、言った。

○昭和十九年三月一日

東條首相の一行が、いよいよ、東京を出発し、伊勢・九州の視察に出発した。

午前九時、首相官邸前を出発。

秘密の筈なのに新聞記者たちが、写真を撮り、民衆が、日の丸を振って、見送っている。

多分、東條首相自身が、見送りの行事を、それとなく、演出させたのだろう。

中には、首相に苦言を呈した者もいたが、そうした人間は、憲兵によって、素早く排除されたらしい。

オープンカーに、機嫌よく腰を下ろしている東條首相の隣にいるのは、東京憲兵隊の隊長の四方諒二大佐である。四方は、憲兵司令部本部長を兼ねているから、権限は、絶大である。戦局が悪化するにつれて、反軍、反東條の空気が広がると見て、先月に機先を制して、五十人に近い不平分子の一斉検挙を、実行している。

四方は、東條の隣に座って、明らかに、緊張していた。

時々、東條が声をかけ、その度に、四方は、ぎこちない笑顔を作っている。笑顔を作れと、東條に言われているのだろう。

一県一師団ということで、東京からは、近衛《このえ》第三師団の山崎《やまざき》師団長と、二百人の兵士が、見送り兼警備に出動していた。

東條のオープンカーの前後に二両ずつ、計四両の軍用車両が、神奈川県まで、同行していく。

私と、佐伯、木戸の三人は、特高の制服で、見送ったあと、高木海軍少将と東京駅に向かった。

今日の夜行列車で、東條より一足早く、名古屋に向かう予定になっていた。

駅長室を借り切って、暗殺計画の最後の点検をする。

名古屋で、東條一行の警備に当たるのは、第六十六師団である。師団長の名前は、遠藤《えんどう》中将。

「どんな軍人ですか？」

と、私は、高木少将に聞いた。

「陸軍の中でも、勇猛で知られている。興奮すると、すぐ顔が赤くなるので、『赤鬼』と、呼ばれているそうだ」

「東條首相との関係はどうなんですか？」

「実は、この六十六師団は、本土決戦の時、核とするということで、満州《まんしゅう》の関東軍から、引き抜かれてきた精鋭だ。昔、東條が関東軍の参謀総長だった頃からの知り合いなんだ、遠藤師団長とね。今も遠藤は、東條を尊敬していると言われる。そして、東條と同じ統制派だ」

と、高木少将は、言う。

日本は、陸軍と海軍の仲が悪かったが、陸軍の中にも、派閥があった。いちばん有名なのは、長州《ちょうしゅう》閥である。陸軍の創始者が、長州の伊藤博文《いとうひろぶみ》だったため、長い間、陸軍は長州、海軍は薩摩《さつま》と言われた。

その陸軍にも、もうひとつ、皇道派と、統制派という派閥があり、東條は長州生まれでもなく、統制派に属していた。

陸軍始まって以来の秀才と言われた永田鉄山《ながたてつざん》は、統制派だったため、皇道派の将校、相沢《あいざわ》中佐に斬殺《ざんさつ》された。永田を尊敬していた東條は、以来、皇道派を嫌い、反感を持っていた。

「予定表を見ると、一行は、三月三日の早朝に、名古屋に着き、すぐ、伊勢神宮に向かうことになっていますね」

と、佐伯が、言う。

「東條は、天皇が、伊勢神宮に戦勝祈願をされたのに、ならうつもりだ」

「そして、名古屋に戻ってきて、その日は、M軍用車両会社の社長の別邸で、一泊するということになっています。伊勢神宮参拝の途中で、襲撃はできませんか?」

と、佐伯が聞くと、高木少将は笑って、

「それは無理だ。東條の伊勢神宮参りには、第六十六師団の千名が同行し，外宮《げくう》と内宮《ないくう》の間で、行進を見せるそうだ」

「千名ですか?」

「東條のオープンカーに、近づくことも難しい。だから、計画には、最初から入れてないんだ」

その時、部屋が、ノックされ、駅長が、

「間もなく、名古屋へ向かう夜行列車が、発車します」

と、告げた。

ホームに見送りに来た高木少将が、小声で、言った。

「先日、君たちが会った松下大佐が、向こうにいる。そのことを忘れるな。何か困ったことができたら松下に頼むんだ。東條英機の近くにいることが多いからな」

2

○昭和十九年三月三日

私たち三人が、名古屋に着いたのは、三月三日の早朝である。

新聞は、用紙不足で、夕刊が、廃止され、朝刊だけになっていたが、三月三日の朝刊は、用紙を増やして、特別版になっていた。

「東條首相、本日伊勢神宮に戦勝祈願。

第六十六師団の兵千名も、共に、戦勝を祈る。

東條首相談『神州不滅。本土に近付く米鬼は、撃滅する。我等の祈りは、天照《あまてらす》大神《おおみかみ》に通じ、蒙古《もうこ》襲来の時と同じく、海のもくずとなって、沈むであろう』」

第六十六師団千名の行進と、オープンカーの上で拳を振りあげる東條首相の写真が、特集されている。

「写真を見て下さい」

と、佐伯勇三が、私に話しかけた。

「東條の隣は、東京を出発した時と同じ、四方東京憲兵隊長で、助手席も、東條の秘書官ですが、運転しているのは、よく見ると、あの松下大佐ですよ」

「東條首相は、松下さんを信用していたということなのかな？」

と、私は疑問を感じて、言った。

伊勢神宮の参拝をすませた東條首相は、名古屋に戻り、M軍用車両の社長の別邸で、一泊し、明朝、第六十六師団に見送られて、九州に向かって出発する。

午後六時からの夕食は、第六十六師団の本部で、行われる。

こちらの方は、遠藤師団長、師団付きの参謀長、四方東京憲兵隊長、秘書官など、武骨《ぶこつ》な夕食である。

このあと、午後九時から、M車両の柳沼社長の別邸で開かれる歓迎会の方は、東條首相お気に入りの芸者二人を、わざわざ東京から、呼び寄せているという。

他に、四方諒二と、秘書官も出席する。ただ、不思議に思ったのは、こちらの歓迎会に、あの松下大佐が、出席者の中に、入っていることだった。

私が、不思議がると、木戸公一郎が、

「私は、最初に松下大佐に会ったあと、ちょっと調べてみたんですが、亡くなった永田鉄山陸軍省軍務局長の甥だとわかりました」

と、言う。

永田鉄山は、東條が、もっとも尊敬していた先輩だった。「自分の人生で、尊敬すべき先輩であり、友人だったのは、永田鉄山さんだけだ。あの人こそ、私の師である」と、東條は、公言していた。

「松下さんは、伯父の永田鉄山に、生き写しといわれるほど、よく似ているそうで、それで、東條としては、自分の傍に、置きたいんでしょう」

「私たちに会った時、彼はそんなことは、何も言わなかったがね」

「私たちに、自分が、東條の味方だと思われるのが、嫌だったんじゃありませんか？」

と、木戸が、笑った。

だが、私は、笑えなかった。そんなに、東條に親しい松下を、信用して大丈夫なのだろうかという疑惑に、とらわれたからである。しかし、ここにきて、松下を疑ったら、東條首相暗殺は、実行できなくなる。

私たち三人は、柳沼社長の別邸近くの林に、身をひそめていた。

かすかに、別邸の中の賑《にぎ》わいが、聞こえてくる。

午前〇時になると、二人の芸者が、車で、引きあげていった。

東條は、生《き》まじめに、一度決めた予定は、守るといわれている。明日十時の出発は決まっているから、その出発に備えて、そろそろ、寝室に入るだろう。

私たちは、足音を忍ばせ、別邸に近づいていった。

勝手口の鍵をこじあけて、家の中に入る。

静かである。

そのことが、かえって、私を警戒させた。

廊下を、奥に向かう。

宴会は、奥で、開かれた筈だからだ。

私は拳銃、あとの二人は、短刀をもっている。

まだ、明かりのついている広間の襖《ふすま》をあけた。

私は、一瞬、息を呑んだ。

そこには、東條首相と、松下大佐の二人しかいなかったからだ。

一瞬、私は、

「恰好《かっこう》の場面に、出会った」

と、感じた。

松下と、眼が合った。

私が、黙って、肯いた瞬間、松下が、いきなり拳銃を天井に向けて射った。隣の部屋から、襖をけやぶるようにして、数人の屈強な憲兵たちが、飛び込んできた。

「反乱だ！」

と、松下が、拳銃で、私たちを指して、叫んだ。

「今、東條首相が、そいつらに襲われた！」

叫びながら、松下は、いきなり、拳銃で、東條の頭を殴りつけた。

東條の頭から、血が吹き出している。しかし、私たちと、睨《にら》み合っている連中には、それが見えない。

「そいつらを逮捕して、誰に頼まれたか調べて下さい。私は、東條首相を、病院に連れて行く！」

と、松下は、ひとりで、叫んでいる。

多勢に無勢である。それに不意打ちだった。

私たち三人は、逮捕された。

憲兵の一人が、松下に向かって、大声で言う。

「首相を、お願いしますよ！」

「わかっています。すぐ病院に運びます」

松下は、血だらけの、小柄な東條の身体を、軽々と抱きあげた。

負傷した東條首相は、いったん、名古屋の病院で、応急手当てを受けたあと、大事をとってか、重傷のせいか、東京に運ばれ、国立病院に入院した。

私たち三人は、名前も出ず、「不逞《ふてい》のやから」と、発表された。

「時局をわきまえぬ不逞のやからが、東條首相を襲い、重傷を負わせ――」

これが、ラジオと新聞に発表されたニュースである。

すかさず、皇族が見舞い、天皇のお言葉を、伝える。

「朕《ちん》の股肱《ここう》として、信頼厚き東條首相が、重傷を負ったと聞き、心を痛めている。日ごろの激務を考えれば、この際、ひとり静かに、静養に努めるがよろしい。そのため、必要なら、朕の使用する、軽井沢《かるいざわ》や、沼津《ぬまづ》の別邸を、使うことを許したい」

これで、面会謝絶の理由が、できたことになる。

あとになって考えると、名古屋から東京に移す途中で、影武者と、入れ替わったと、考えられる。あとは、東條と、その家族を会わせないようにする。特に、一番バレる可能性のある、夫人の面会希望を、はねつけることができたのである。

重傷を負い、面会謝絶の療養で、世間から隔離された東條は、別人の『トージョー』になったと思われる。ホンモノの東條は、松下大佐たちによって、闇に葬られたのだろう。もし、あの時、私たちが、東條首相を殺していたら、間違いなく、私たち三人は、その場で、憲兵たちに射殺されていただろう。松下大佐の機転で、殺人未遂犯として、逮捕されたのだった。

○昭和十九年七月十八日

国立病院に入院中の東條英機は、病状が回復せず、総辞職した。もちろん、ホンモノの東條は、名古屋から東京に行く途中の駅で降ろされ、その後は、闇に葬られたにちがいない。替玉役の北川悠介が演じているトージョーも、まだ、国立病院に入っている。

一方、私たち三人は、四方諒二憲兵隊長によって、激しい拷問《ごうもん》を受けた。

しかし、その拷問が、突然、中止された。

東條首相暗殺計画があったことがわかったのだが、その参加者の中に、二人の皇族の名前が、出てきたからである。どちらも、昭和天皇の姻戚である。

四方が、最後に選んだのは、懲罰召集だった。

これは、東條が、自分に反対する人間に与えた刑罰である。

これから、急遽召集して、生還が考えられない激戦地に送り込むのが、通常、用いられる懲罰召集である。

おかしなことだった。今次大戦を、軍は、「聖戦」と呼んでいた。つまり、激戦地に行くのは、名誉だった筈である。それが、懲罰になったのだ。聖戦が形式で、懲罰が本音だったのだろう。

私たちが、命令されたのは、沖縄《おきなわ》行きだった。本土決戦の時間かせぎに、玉砕が予想される戦場である。

私たちは、死を覚悟したのだが、その寸前、行先が、変更された。

沖縄行きの命令が出た時には、すでに、アメリカ軍の沖縄攻撃が、始まっていたからである。

特攻は、沖縄に殺到したが、私たち三人を、沖縄に運ぶ輸送船は、なくなっていたのである。

そこで、三人は、特高の時の経験を生かして、九州の特攻基地周辺の治安に当たることになった。

私たちが、辛《つら》かったのは、召集されているので、自由に動きが取れなかったことだった。

東條首相暗殺計画に参加した以上、その後の政治が、どうなったかを、知りたかったのだ。東京に戻れば、情報が手に入ると思うのだが、それができないのである。

私たち三人は、南九州の特攻基地近くに、部屋を与えられて、そこから動くことが、許されなかった。

それが、ある日、突然、東京から、無署名の手紙が、一週間に一通、届くようになった。差出人の氏名も、住所もなかったが、私たちは、その手紙を送ってきたのは、松下大佐に違いないと、感じていた。その手紙のおかげで、私たちは、戦況や政界の情報がわかるようになった。東條内閣に代わって、小磯《こいそ》内閣が誕生したことも、その手紙で知ることができた。

東條は抵抗なしという。

○昭和二十年四月一日

今日、米軍主力が、沖縄本島に上陸した。

これは、日本本土の一角で、戦闘が始まったことを意味している。軍部内には、本土決戦のための時間稼ぎという者がいるが、沖縄は、本土ではないのだろうか。

また、沖縄には、県民三十万から四十万が残っているという。今まで、島嶼《とうしょ》戦闘で、玉砕が、続いているが、沖縄の県民三十万は、どうするのか？　沖縄の牛《うし》島《じま》司令官は、「共生共死」を唱えている。県民に対して、共に生き、共に死のうという呼びかけである。

本土決戦でも、共生共死なら、六千万の国民が、死ぬことになる。日本国民すべてが、死ぬための戦いが、本土決戦なのか。

私たちが、実行した「東條首相暗殺計画」は、何のためだったのか？　鳩山一郎、吉田茂、米内光政、高木惣吉など、和平を願う人たちが、その邪魔になる東條首相を、暗殺しようとしたのは、一刻も早く、和平実現のためではなかったのか？　東條首相が消えたら、和平が、実現すると思ったのに、東條に代わって、小磯首相になっても、まだ、和平の機運が、生まれる気配はない。トージョーは、現在、大人しくしている。病後の静養ということで、箱根の奥まった旅館の一室に逗留《とうりゅう》している。人と会うことは、ほとんどない。家族と会うこともなかった。

ただ、何も知らぬ憲兵は、狂気のように、弾圧をすすめている。

吉田茂が再度、逮捕され、小畑《おばた》中将と原田《はらだ》男爵は、和平運動をしているという疑いをかけられ、連日、憲兵隊の訊問を受けた。

これは、噂だが、大磯《おおいそ》の吉田邸は、憲兵のスパイが、書生として、住んでいるという。しかし、こうした憲兵による弾圧も、長くは続かないだろう。ボスの東條首相が、内閣総辞職をしてしまったのだから。

東條暗殺を考えたグループは、いくつかあったらしい。

鳩山一郎、吉田茂、米内光政たちは、早期の和平を考え、その邪魔になる東條一派を排除しようと考えていたが、ただ単に、東條首相に反対という人もいた。東條の憲兵政治に腹を立てていた人たちである。

どちらにしろ、東條英機が、排除されれば、空気はよくなる筈だった。

それは一応成功した。東條内閣は倒れ、小磯内閣が誕生した。東條英機ではないトージョーが存在するが、一昔前の東條ではないし、東條グループとは、隔離されている。

小磯首相は、早速、重慶《じゅうけい》政府から、繆斌《みょうひん》という要人を日本に呼び、和平工作に取りかかった。この和平工作は、失敗したが、東條グループが健在だったら、この和平工作自体、生まれなかっただろう。

○昭和二十年四月七日

本日、小磯内閣が倒れ、鈴木貫太郎内閣が誕生した。小磯内閣は、もともと、支持するものも少なかったが、ともかく、繆斌を使った和平工作をすすめようとしたことで、歴史に名が残るだろう。

小磯首相自身、小者といわれたし、慎重に東條グループの出方を、見るという意味があった。東條英機自身は、トージョーに代わっていたが、彼の三奸四愚たちは、まだ、健在だった。

彼等は、東條を陸軍大臣として残せと主張し、それも拒否されると、東條グループの富永《とみなが》次官を押した。これも拒否されると、それでは東條グループから、陸軍大臣は、出さぬことになると、小磯首相を脅したのである。

陸、海軍の大臣は、現役でなければならないという規則があるので、東條グループとして、協力しないと、脅かしたのである。東條が権勢を振るっていた時なら、これで小磯内閣は瓦解《がかい》してしまうのだが、小磯側は、「それなら、小磯を現役復帰させ、首相と陸相を兼ねさせる」と、逆に脅したのである。この瞬間、東條グループの凋落《ちょうらく》ぶりが、鮮明になったといえるだろう。

そして、鈴木貫太郎内閣が生まれた。鈴木は、七十九歳と高齢だが、米内海相、阿南陸相が、協力した。

勘《かん》ぐれば、まず、小磯で、東條グループの反応を見て、すでに力がなくなったとわかったので、鈴木内閣を樹立させたということである。

鈴木首相は、就任早々、「国民よ。わが屍《しかばね》を乗り越えて、行け」と、勇ましい言葉を口にしたが、これは、本音ではないと、誰にもわかる。反応を見ているのだ。

○昭和二十年四月八日

この御前会議で、この会議に出席した総合計画局長の秋月《あきづき》中将が、「いずれの点より見ても、戦争継続は不可能である」と、反戦を口にした。賛成の声もなかったが、反対の声もなかったといい、後になるが、秋月中将は、私に、「誰か戦争終結を言い出さないかと、それを待っている気配《けはい》だったから、おれが、率先《そっせん》して、言った」と、正直に話してくれた。

東條という重石がとれて、和平について、口にしやすくなったのである。

○昭和二十年五月七日　ドイツ降伏。

○昭和二十年五月十八日
本日最高戦争指導会議。鈴木首相の意を体した木戸内府が、米内海相、阿南陸相、東郷外相の三人に、「天皇の親書を奉じる形で、仲介国と交渉し、その斡旋《あっせん》により、寛大な条件で、和平に邁進《まいしん》する」という方針について、相談したところ、三人とも同意したという。

更に、御前会議では、天皇自らこの方針について、一人一人に意見を尋ねられた。木戸内府は、「ありがたい。私らが言いたくても、どうしても遠慮してしまうことを、陛下自らおっしゃって下さった。これで、鈴木首相もやりやすくなるだろう」と、感激したというが、もっともである。東條首相の頃は、木戸内府にも、憲兵の尾行がついて、自由に話せなかったといわれるからである。

○昭和二十年七月六日

トージョーは、予備役になり、発言を控えることにしている。東條グループも大人しくなってきた。

おかげで、閣議でも、御前会議でも、自由な発言ができるようになったが、最大の失敗は、和平の仲介を、ソビエト（スターリン）に頼んだことである。スターリンは、外国の東條というべき人間で、和平の前に、日本に侵略して、漁夫の利を摑《つか》もうとしている男である。そんな奴が、まじめに、和平の仲介をする筈がない。

○昭和二十年七月二十六日

この日、ポツダム宣言が、発表された。連合国側から、日本に対して、無条件降伏を迫るものだ。

案の定、ソビエトを仲介者とした和平の方は、全く、進展していなかった。ソビエトは、スターリンに、その気がないからだ。それどころか、ドイツの敗北で、余った飛行機、戦車、大砲、そして兵士を、ヨーロッパから、極東に移動させているのだ。満州にいる日本兵士が、それを確認している。兵力が移動し終わったら、一斉に、満洲国境を越えて、侵入してくる筈だ。

こんな簡単なことが、軍人には、わからないのだろうか？　日ソ中立条約があるから、大丈夫だと、バカなことをいう軍人がいる。条約など、破るためにあるようなものだろう。

○昭和二十年八月一日

ソビエトに和平の仲介を頼んでいるので、わが国は、律義《りちぎ》に、他のルートの和平工作は、政府としてやらなかった。こうした姑息《こそく》な手段は、連合国から見れば、和平に反対に見えるのだ。

それだけではない。外国の政府は、終戦のドサクサにまぎれて、新兵器の実験をしたがるし、獲物を欲しがるのだ。

だから、戦争は、きたなく始まって、きたなく戦い、きたなく終わるのだ。そのくらいのことが、どうして、お偉方には、わからないのか？

○昭和二十年八月十日

やっぱり、きたなくなってきた。アメリカのトルーマン大統領は、一発二発と、新兵器の原爆を、広島と長崎に、落としたし、ソビエトのスターリンは、とうとう、我慢しきれずに、赤軍に、進撃の命令を出した。

これで、何とか戦争は終わるだろうが、私の計算では、東條英機を追放した時点で、もっと早く、戦争は、終わる筈だったのだ。

それが、上手くいかなかったのは、東條英機が消えたとたんに、みんなが、小さな東條になってしまったからだろう。

○昭和二十年八月十五日

戦争は終わった。私たちの「東條首相暗殺計画」によって、終戦が早まったと言えるのだろうか。

3

○昭和二十年八月十八日

私たちは、南九州の特攻基地から、東京に帰ることになった。列車を乗り継ぎ、三日がかりで、自宅に戻った。

○昭和二十年八月三〇日

偽者のトージョーが、これからどうしたらいいか、相談に来た。だから、私は、言ってやった。十分な金をやるから、どこか小さな村で、別の名前で、ひっそりと暮らせと。今度の戦争で、行方不明者や、戦死、不戦死のわからぬ人間が沢山出てくるから、自分の好きな戸籍が、手に入るとも。だが、トージョーはこう言うのだ。「このまま死ぬのは詰まらない。一芝居打って、死にたい」と。だから、一つの生き方、死に方を考えてやった。「東條首相として死ねば、歴史に残る」と。「どうしたら、東條英機らしくなりますか?」と聞くから、「若い時、君は、劇団にいたんだろう。自分が思ったように、演じればいい」とである。

○昭和二十年九月十一日

この日の出来事は、新聞記事を、そのまま、書き写すことにする。

「昭和二十年九月十一日、マッカーサーは突如東條英機以下三十九名を、戦争犯罪人容疑者として、逮捕することを命じた。米軍のMPが、東條英機を逮捕するために、私邸を訪れた。詰めかけた新聞記者が見守る中、玄関わきの窓から応対した東條は、準備のためと応接室に戻り、拳銃で自殺を図《はか》ったが、弾は心臓を外れ、東條は一命を取り留めた。

おめおめと敵の手にかかって、勝者の裁きを受けたくないということなのか。しかし、それであなたはいいだろうが、天皇はどうなるのか。あなたが、主戦犯として、責任を取らないと、天皇が、法廷に引き出されるだろう。あなたの最後のお務めは、生きて被告となり、あえて法廷に立つ勇気だ。

そう周囲から説得された東條は、深く悩み、迷っていた。その結果、拳銃自殺を図って失敗し、米軍に収容された。軍人ともある者が、ぶざまに死にそこねたことで、東條に対する世の中の批判は、厳しかった。

ある識者の談話では『東條は、自分の作った戦争訓の中で、捕虜になるくらいなら自決せよと教えているのに、何たるざまか。東條が人間の出来そこないであることは、明瞭なり。かかる馬鹿者に指導された日本の不幸なり』」

と、批判されている。

この記事を読んで、一人で笑ってしまった。ホンモノの東條英機なら、自殺に失敗したのはぶざまで、恥ずかしいことだが、替え玉のトージョーは、俳優で、一度も拳銃を使ったことのない人間なのだ。失敗するのが、当然である。

○昭和二十一年五月三日

東京裁判で、トージョーは、東條英機として法廷に立った。

俳優としたら、ある意味、華やかな舞台といえるかもしれない。

しかし、俳優は、あくまでも、俳優でしかないし、東條英機本人でもない。だから、ここでも、ミスをした。

検事の仕掛けた罠《わな》に引っかかったのだ。

天皇の存在について訊《き》かれたトージョーは、次のような返事をしてしまったのだ。

「天皇陛下のご命令に反するものなど、一人もおりません」

一見、何の不都合もない返事のように見える。

しかし、これでは、天皇は、絶対君主になってしまう。それなら、なぜ、戦争の終結を命じなかったのか、反対する者が、一人もいないのなら、戦争は終わった筈ではないのか。

日本が戦争に走ったのは、天皇の命令だったのではないのか。

ある新聞は、「天皇を法廷に呼び、訊問すべきだ」と書いた。

天皇を、戦争犯罪を裁く法廷に出席させてはならないというのが、大多数の国民の声だった。

ほんの二、三ヵ月前まで、国民は天皇を、『現人神《あらひとがみ》』と崇《あが》めていたのだ。もし、法廷に引き出される事態になれば、国民の怒りが爆発しかねない。

それなら、どう法廷で証言したらいいのか。弁護人が悩み、松下大佐に相談を持ちかけてきたという。

次回の法廷で、弁護士が、反対尋問をすることが決まり、松下が、模範解答を作った。トージョーを、東條にした責任があると考えていたからであろう。

次の法廷での質問と、トージョーの回答は、次のようであった。

問「貴方はすでに法廷において、日本の天皇は、平和を愛すると言っているが、これは正しいか？」

答「もちろん、正しい」
問「しかし、日本は、米英蘭に対し、実際に戦争をしたではないか？」
答「私の内閣において、米英蘭に戦争を決意しました」
問「その戦争を行うというのは、天皇の意志であったのか？」
答「ご意志に反したかも知れませんが、とにかく、私の進言や、統帥部《とうすい》、その他、責任者の進言によって、しぶしぶご同意になったのが事実です。平和ご愛好の精神は、開戦のご詔勅《しょうちょく》に、陛下の思し召しで、『豈朕《あにちん》ノ志ナランヤ』の一句が、加えられたことで明瞭です」

この明快な証言によって、天皇の免罪《めんざい》が明らかになったといわれている。とたんに、東條は、悪人ではなく、天皇の忠臣になった。

天皇が、法廷に呼ばれる恐れも消えたのである。それを弁護士に知らされたトージョーは、ほっとした表情になったといわれる。

○昭和二十三年四月十二日

極東裁判は、論告、弁論証言が終わり、休廷。同年十一月五日再開。十二日判決が下りた。

A級戦犯二十五名中、七名の絞首刑が決まり、トージョーもその一人だった。

これで、昭和十九年に起きた「東條首相暗殺計画」は、終わった。


ここで、野崎英太郎の手記は、終わっていた。野崎と佐伯、そして木戸の三人は、それぞれが、故郷に帰っていったようだ。お互いに、連絡を取り合うこともなく、戦後の平和な日々を、ひっそりと過ごしてきたのだ。もちろん、高木少将や、松大佐とも、二度と会うことはなかっただろう。

手記を読み終えた、十津川は、野崎英明が、祖父と同じように、国を憂えて、同志たちと、海路首相や後藤副総理を、暗殺しようとしているのだと、推測した。

そして、七十年を過ぎた今、「現代首相暗殺計画」が進行しているのである。

4

翌日、捜査本部にいる十津川に、亀井が、気負《きお》い込んで、話しかけてきた。

「警部の命令どおり。都内各所に、例の佐伯勇夫の顔写真を配り、捜すように頼んでおいたところ、新宿署や上野署、新橋署などから、目撃情報が上がってきました。どうやら、都内のカプセル・ホテルを、転々としながら、毎日、誰かと、携帯で連絡を取り合っているそうです。そこで、私の独断ですが、私立探偵の橋本《はしもと》君に、佐伯勇夫を尾行してもらいました。佐伯は、なにか、事件の容疑があるわけでもなく、行方不明の捜査依頼が出ているわけでもないので、警察官が付きまとうことはできませんから。橋本君の調査結果によると、ある日、佐伯は、小田急線に乗車したので、尾行したところ、箱根の強羅で降り、その後に、姿を見失ってしまったと、言っています。橋本君は、駅周辺で、捜し回ったそうですが、見つけることはできなかったと、言っています。ただ、橋本君が『これは今回の依頼とは、関係ないと思いますが、懐かしい方に、お会いしました。警視庁の暴力団担当をされている野崎警部です。確か、十年前に、私が、不祥事を起こして退職することになった時、十津川さんや野崎さんに、激励していただいたことがあったんで、見間違えることはないです。挨拶をしようとしたんですが、なぜか、野崎さんは野球帽を深めに被《かぶ》り、伏し目がちで、人目を避けているように、見えたので、気後れして声をかけられませんでした。しかし、なぜ、野崎さんが、強羅にいるのか、疑問に思いました』と、言っていました」

「カメさん、これは間違いなく、佐伯と野崎との会合に違いないよ。同志たちが集まって、暗殺計画を練《ね》っているんだろう。恐らく、比較的近いところに、標的が存在するのかもしれない。温泉地は、別荘地でもあるんだ。神奈川県警と、静岡県警に頼んで、大物政治家か、大物経済人の別荘があるか、調べてもらってくれ。そして、佐伯と野崎の顔写真を送って、彼らを見た者がいないかも、聞いてくれ」

十津川は、言った。

一時間後、静岡県警から、返答があった。熱海の伊豆山《いずさん》神社の近くに、海路首相の後援会長をしている浅川清の別荘があり、毎年、夏の一時期、海路首相が避暑に来ていたという。別荘の近くには、ヘリポートもあるとのこと。

「そこだよ。カメさん、野崎たちが狙っているのは、その別荘に違いない。海路がそこにいるんだ」

「それはないでしょう。海路首相は、中央病院に入院していて、容体が悪化し、集中治療室に、一週間ほど入ると、後藤副総理が、発表しているんですよ」

「替玉作戦だよ。野崎英太郎の手記に、東條英機の替玉を使って、東條暗殺を実行したと、書かれているんだ。今回は、後藤や浅川たちが、同じ作戦を実行したんだと、思うね。海路首相は、面会謝絶で、集中治療室にいるわけだから、替玉は、医者以外には、誰とも会わなくて良いわけだ」

と、十津川は、言った。

翌日、十津川は、日下と北条刑事を、熱海に行かせ、浅川清の別荘を調べるように命じた。二人が、別荘周辺の聞き込みを始めると、その日のうちに、慌ただしく、ヘリコプターが飛び立ち、七、八人の屈強な男たちも、姿を消した。別荘は、もぬけの殻になった。

「野崎や佐伯たちは、海路暗殺の代わりに、後藤副総理を、暗殺しようと動くだろう。相当、大きな組織が背後に存在していると思って良い。彼らは総力を挙げて、今度こそ、成功させようとするに違いない。彼らは、都内に潜伏《せんぷく》している可能性も高い。橋本君だけでなく、日下や西本も動員して、行方を追ってくれ」

と、十津川は、亀井に、言った。

しかし、日下たちが、捜査本部を出て行く寸前、神奈川県警から、思わぬ報告が飛び込んできた。

「昨日、茅ヶ崎の海岸近くで、写真の二人が、うろついているのを、パトロール中の白バイが目撃しています」

と、電話をかけてきた、神奈川県警の宮下《みやした》という捜査一課長が言った。

「その近くに、政治家か、財界人などの、有名人の邸宅は、ありませんか？」

と、十津川が、聞く。

「小さな町ですが、昔から、政治家が屋敷を構えていましてね。今は、倉本広次という著名な政治評論家の別邸があり、週に一、二度、顔を見せています」

と、宮下は、言った。

十津川は、礼を言って、電話を切った。倉本広次という政治評論家を、十津川も、何度か、テレビの討論番組で、見たことがあった。政界の汚職や腐敗、そして、政治家の倫理欠如を批判して、人気がある男だった。その男の別邸が、茅ヶ崎にあるのなら、恐らく野崎や佐伯は、倉本の命令で、動いているのだろう、と、十津川は、思った。

「君は、倉本広次という、今売り出し中の政治評論家を知っているか。その男の経歴や出自を、調べてくれないか」

と、十津川は、西本に、頼んだ。

翌日、西本刑事から、十津川に報告があった。

「倉本広次について調べてきました」

西本が、言った。

「彼は、政治評論家で、テレビなどにも出ていますが、自分でも、『倉本政治研究会』という組織を作っています」

「どんなメンバーなんだ」

「ジャーナリストとか、若手の研究者も会員に入っていますね」

「会員数は、多いのか？」

十津川が、聞いた。

「千人以上ですね。彼は、会員相手に、毎月、レポートを送っています。そのレポートを、手に入れてきました」

西本は、薄いパンフレットのような小冊子を、十津川に見せた、表紙に「倉本通信」と書いてある。

十津川はそのレポートを、読み始めた。

第六章　危険の確率（千人の会員による最後の審判）

1

倉本広次のレポート

ソビエト（現ロシア）が、キューバにミサイルを持ちこんだ、いわゆるキューバ危機があった。世界の二大強国が、原爆、水爆を使っての戦争を始めたら、地球は間違いなく消える。

この時、幸いだったのは、アメリカの大統領が、ジョン・F・ケネディだったことである。ケネディなら、戦争にはならないだろうという信頼が、あったからだ。

この時、アメリカの軍部や閣僚は、全て、キューバを爆撃し、占領しろと叫んでいた。しかし、そんなことをすれば、キューバはミサイルを発射する。それに対して、アメリカも、ミサイルを射ち込み、原子爆弾を落とすだろう。それにソビエトが参戦したら、間違いなく、世界は廃墟になる。ケネディは、断乎《だんこ》としてキューバへの直接攻撃には反対し、ソ連船による、キューバへのミサイルの持ち込みを、海上で阻止するだけにとどめ、その代わり、ソビエトのフルシチョフ首相に親書を送った。ケネディは、フルシチョフに、われわれが、世界を破滅させた責任を負うことになるのは、やめようと書き、フルシチョフも、キューバ行きのソ連船に、引き返すよう命令して、キューバ危機が終わった。

ケネディは、アメリカ人や、世界中の人々の期待を裏切らなかったのだ。

ひるがえって、わが日本の指導者は、ケネディのように、信じられるだろうか？　政治をまかせておけば、戦争にならないと、安心していられるだろうか？

最近、世界中で、さまざまな問題が起き、死者も出ている。こんな時ほど、平和に徹《てっ》すべきなのに、わが国の指導者は、逆に、かつてのように、世界五位の武力を磨《みが》き、その武力を用いて、世界の紛争を解決し、世界の強国として尊敬されていた昔の日本を、取り戻そうと、考えている。そのためには、危険な道を、国民に歩かせようとするだろう。

両院で過半数を占める与党の後藤副総理は、はっきりと、昔の強い日本を目指すと、公言している。現首相の海路は、昔は、何事にも控え目に対応していたのに、最近は、後藤のお先棒を担《かつ》ぐかのようになっている。海路が、重い問題を軽く扱って、国民を安心させておいて、後継者の後藤につなぐつもりでいることは、はっきりしている。

このまま、この二人に、日本の政治を委《ゆだ》ねておいていいのか。海路首相は、日本周辺の状況が緊張を続けているので、それに対応するために、軍備費を増やす必要があるといい、後藤の方は、具体的に、一〇パーセントの増額が必要だと主張している。二人は、戦前の日本のような、強い日本にしたいと願っているのだ。そのためには、軍事費が増えることも、平気だし、国民の生活が低下するのも、やむを得ないと、いっている。

この二人に、日本の政治を委《まか》せていていいのか。そのことについて、会員たちの、正直な考えを、聞かせて欲しい。

会員の大半の人たちが、現在の政府が危険だと答えた場合には、将来のために、どうすれば危険な要素を排除できるかを、考えなくてはならないだろう。

2

（会員の声・一）

後藤は、新人政治家の頃、日本も防衛のために、原爆と、ミサイルを持つべきだと主張していたが、今もその気持ちは変わらないと、雑誌に書いている。その理由は、現在の世界で、原水爆を持たない国は、小国であり、持つ国だけが、大国であるということだ。そして大国になるために、原水爆を持つべきだと言っている。原水爆を持つことで生じる危険を考えていない。

海路首相の与党が、強大なために、陰に隠れた小さな変化は、見すごされてしまう。この変化というのは、軍隊（自衛隊）の強化だ。現在、米軍が沖縄で飛ばしている垂直離着陸機オスプレイが、まだ、故障が多く、アメリカでしきりにテスト飛行をくり返していた頃である。当時、後藤は防衛大臣だった。海上自衛隊では、ヘリ搭載護衛艦『ひゅうが』が完成したころである。『ひゅうが』には、ヘリを内部の工場に下ろすためのエレベーターが三基ついているのだが、その中の一基が、やたらに大きいのである。ヘリを乗せるのなら、そんな大きなエレベーターは必要ないのだが、最近になって、例の垂直離着陸機オスプレイが、ぴったりおさまる大きさであることがわかった。長官の後藤が、このオスプレイが、大きなエレベーターに、ぴったりおさまるのを見て、万歳を叫んでいる写真も見た。つまり、「故障が多いので、購入することはありえない」と言いながら、購入を決めて、ヘリ空母を造っていたのである。

（会員の声・二）

後藤副総理が、防衛大臣だった頃、「シビリアン・コントロール」について聞かれて、こう答えている。

「昔は必要だったが、今は、北朝鮮が、ボタンを押せば、ミサイルが、あっという間に、日本本土に到達してしまうんですよ。そんな時代に、制服組が背広組に、いちいち相談していたら、間に合いませんよ」と、答え、最近海路首相に、同じことを聞くと、「これからの戦争は、宣戦布告をしたとたんに、ミサイルが飛んでくるようなものだから、シビリアン・コントロールを考えるより、軍隊は、独自の計画に従って、動いた方がいいでしょう。何といっても、戦争のスペシャリストだから。なまじ背広組のいうことを聞いていたら、戦争に、失敗する恐れがありますからね」

いろいろ、理屈をつけているが、太平洋戦争の時の「軍隊は、国を守るもので、国民を守るものではない」と全く同じではないか。

（会員の声・三）

海路首相の年頭の言葉は、「世界の中で、名誉ある地位を得たいと思う」だった。後藤副総理も、同じである。具体的に聞くと、これまでは、戦後七十年、戦争をやらず、他国から侵入されず、侵入もしなかった。これが平和日本が進むべき道と考えられてきたが、最近は、違ってきた。世界の紛争地帯で、それを解決するために、多くの国の若者たちが亡くなっている。日本の若者たちが、安全ばかり考えて、危険を冒《おか》さない、一人も死なないことは、不名誉である。英雄もいなければ、美談もない。これではとうてい世界で名誉ある地位は、得られないだろう。日本人はサムライ精神に満ち、大義のためなら、自ら危険な世界に、飛び込んで行く国民だった筈である。明らかに、再軍備をしながら、精神的な再軍備を忘れてしまったことによる失敗である。戦時中、日本の兵士は強く、死を恐れないことで、世界に知られ、尊敬されていたが、それを指揮する司令官は無能ともいわれていた。それは、司令官が、なまじ西欧かぶれして、勝敗を兵士の数や戦車、飛行機の量で決めてしまっていたからである。寡《か》をもって衆を倒すというサムライ精神を忘れているのだ。軍隊（自衛隊）でも、『勝敗の数は必ずしも兵力の多寡《たか》によらず、精錬にして攻撃精神に富める軍隊はよく寡をもって衆を破ることを得るものなり』という日本精神を教えるべきである、というのが、海路や後藤の考えなのだろう。

こうした古い精神主義を、政治の指導者たちが持っていることは、危険である。太平洋戦争に、突き進み、敗北し、日本人三百万人と、アジアの人々一千万人が死亡した原因の多くが、この精神主義にあることが明らかなのに、これは、非常に危険な状況と言わざるを得ない。

3

倉本広次のレポート（続き）

三年前、海路が首相に就任した時、若者に政治への関心を持ってもらおうと、海路塾が首相の故郷福岡県に開設された。塾頭の名前は、海路首相、副塾頭に、後藤外務大臣の名前もあり、海路首相は、「現在の松下村塾《しょうかそんじゅく》」を目指しているという。

今までは、ほとんど注目を浴びることもなかったが、塾生の花村東海《はなむらとうかい》（十八歳）が、K国との外交交渉で、日本政府が、謝ったことを、土下座外交と批判し、血判状を書いて、切腹した。この事件で、海路塾は一躍有名になり、海路と後藤は、切腹した花村東海の精神を称揚《しょうよう》し、今後政治に生かすと誓っている。一見、立派に見えて、海路塾の存在を誉《ほ》める声もあるが、外交に、精神主義を持ち込むのは、危険であり、そのことに気がついていない海路首相と後藤副総理は、危険な存在になってくるだろう。

海路首相は、本来、保守党の穏健派に所属していた筈なのに、いつしか保守強硬派の後藤副総理にからめとられてしまったのだ。高齢の海路に、もしものことがあれば、海路塾は、後藤塾に衣替えすると言われている。

今や、海路首相と、後藤副総理とは、双生児のように見えてくる。また、政治が、上手くいかなくなってくると、精神主義に走るのは、よくあることだが、それを、国民に押し付ける恐れが、十分考えられる。政治家たるものは、「生は死にまさる」を政治の根本に置き、戦時中の「死は生にまさる」は、止めて頂きたいものだ。

精神主義は、英雄主義に落ち込む恐れがある。

入院中の海路首相は、後藤副総理を呼んで、「新しい国民英雄の顕彰《けんしょう》」について、相談したという。海路首相による後藤副総理への、見えすいたへつらいなのだ。経済が停滞し、国民の元気がない時には、国民の中から英雄を選び、政府が、勲章を与えて称賛すれば、国民も元気が出るだろうし、政府の人気もあがると計算して、人選を進めるという。後藤副総理の推薦もあって、すでに、二名の人選もできていて、人名も聞こえてくる。

○杉山《すぎやま》　要介《ようすけ》（世田谷《せたがや》消防隊長）

当年の二月十三日、成城《せいじょう》のマンションの火事に際して、隊長自ら火災の現場に突入し、住民三人を救助するも、自らは、落下したコンクリートの破片に当たって、死亡している。危険を恐れず、人命救助に尽くした勇気は、顕彰にあたいするといわねばならない。

○内藤《ないとう》　昭《あきら》（警視庁機動隊長）

ベテラン刑事として、功績を上げていたが、今年正月に起きた少女誘拐事件に際しては、犯人の立てこもるパチンコ店に向かい、その説得に当たっていた。しかし、凶暴な犯人（二十九歳・殺人の前科あり）が、人質の少女をナイフで刺そうとするのを見て、身を挺《てい》して、助けたのだが、内藤自身は、犯人のナイフが、腹部に突き刺さり、死亡した。機動隊長として、率先して危険を恐れないその勇敢な行為は、称賛にあたいする。

海路首相と後藤副総理は、他に三人を選び、五人として、毎年一回、顕彰していくという。これにS出版社が賛同して、五人の生涯を絵本にするという。

この五人は、全て死者であり、一つのグループのリーダーである。リーダーたる者は、事に当たって自ら危険に飛び込む。これこそ、日本人の英雄である。国民の手本になるべきだという主旨で、海路首相と、後藤副総理から発表された。

これは、一見すると、抵抗感のない美談である。

しかし、そこに危険がある。この五人の全《すべ》てが、亡くなっているのだ。本人たちが、英雄として讃えられることや、顕彰されることを望んでいなかったとしても、抗議ができないのである。

美談だから、本にする。日本国民に勇気を与えるためとも言われているが、本当に美談だろうか？

　この事業を聞いて考えるのは、日中戦争の時のエピソードである。

　戦意高揚《こうよう》のために、英雄を作ろうと考え、まず加藤《かとう》連隊長を顕彰した。部隊が苦戦している時、加藤連隊長は、自ら敵陣に突入し、味方を救ったが、自らは戦死。二階級昇進し、加藤連隊長の働きは本になり、歌舞伎役者は、それを芝居にして、舞台にのせた。

　他にも、戦車隊の隊長などが、率先して敵に当たり、いずれも戦死していて、本になり、顕彰もされた。

　しかし、冷静に見ると、危険な話である。ある師団長は、「こうした美談の連続に困惑している」と、日記に書いていた。

　理由は、こうである。軍隊というのは、敵と対峙《たいじ》した時、連隊長（小隊長）の命令で、兵士たちが突撃する。隊長は、戦況を見て動く。その隊長が、真っ先に突撃して、戦死したら、その部隊は混乱し、時には全滅する。それゆえに、隊長が、やたらに戦死するのは、美談どころか、危機なのである。

　なぜ、そうなったのか。日中戦争が長引いて（九年続いた）、兵士たちの間に、厭戦《えんせん》気分が生まれていたからだ。すぐ中国が降伏して、日本の兵士は、故郷へ帰れると、政府は言っていた。それなのに、戦争はなかなか終わらない。それで、兵士たちは、隊長が「突撃！」と叫んでも、動こうとしなくなったのだ。仕方なく隊長が、真っ先に突撃せざるを得なくなって、戦死者が増えたのである。だから、心ある人が見れば、美談の増加は危険な兆候なのだ。

海路首相と、後藤副総理が、考えることには、それと同じ危険性を感じてしまう。人の死を、自分たちの政治に利用しているのではないかという危険である。

会員へのアンケートによると、現在の海路と後藤に、多くの会員が危険を感じると答えている。これは、現政権の危険性を表していると言える。

この危険性を大半の会員が感じた時、将来の日本のために、この二人を、排除する必要があるという考えが、生まれることになる。

そうならないことを祈る。

第七章　第二の首相暗殺計画

1

新聞に載った記事の一つに、十津川は興味を覚えた。

病気で倒れて、中央病院に、緊急入院している、海路総理大臣に代わって、後藤典久外務大臣が、総理の代理として政務を担当している。その後藤典久総理代行が、一週間の予定で、二日後、インドネシアに向けて出発し、現地での敷設《ふせつ》が予定されている、新幹線計画の細部について、再度、インドネシア政府と交渉するというのである。

しかも、四十人規模の、財界人を引き連れての、訪問であった。いかに、日本が、この商談に力を入れ、契約を独占することを熱望しているかの現れだと、報じられていた。

去年の春、海路総理大臣がインドネシアに行き、新幹線建設の大筋について、すでに政府間の話は完了していた。ただ、車両や駅舎などのハード面については、日本が、請け負うことになっていたが、ソフト面、例えば、職員の教育、時刻表の作成などの細部は、ヨーロッパ、特に、フランスが請け負うことで、詳細は、インドネシア、日本、フランスの三者間で、今後、話し合うことが、決まっていた。

総理の代理で、インドネシアに向かうことになった後藤典久外務大臣は、出発前に記者会見を開き、突然、次のような問題提起をした。

「現在のところ、インドネシアにおける新幹線計画に関して、ハード面は、日本が請け負い、そして、ソフト面はヨーロッパ、特にフランスが受け持つという、そういう内容の契約になっています。しかし、私は、この何とも中途半端な計画というか、契約に対しては、最初から反対でした。このやり方では、うまく行かない可能性のほうが高いのです。というのも、日本の新幹線は、電車方式といって、各車両にモーターがついています。しかし、フランスのTGVは、強力な電気機関車が、客車を牽引《けんいん》する方式を、採用しています。日本がハード面、フランスがソフト面を担当するのだから、それでいいじゃないかという人もいますが、この考え方は、明らかに間違っています。新幹線の牽引方法が違っているのでは、うまくいくわけがありません。ハード面もソフト面も、両方とも日本が担当してこそ、インドネシアの新幹線は、スムーズに、故障なく動くのです。ですから、私は、明後日から新幹線の専門家を連れてインドネシアに行き、ハード面もソフト面も、日本方式でやりたい。日本にすべてを任せてほしいと、インドネシアの大統領に、訴えるつもりでいます。私がインドネシアの政府に、今言ったことを働きかけるつもりだということを知って、フランスの鉄道関係の人間たちも、急遽、私のスケジュールに合わせて、インドネシアにやって来ることになったそうです。新幹線の技術輸出競争は、普通のことではありません。勝つか負けるか、まさに、この二つに一つなのです。ですから、私は向こうに行って、フランス側の担当者と、大いにケンカしてくるつもりでいます。大丈夫です。絶対に、私が、勝つと確信しています」

後藤の言葉は、自信にあふれていた。

記者会見での後藤の発言は、内外に大きな波紋を投じた。

実は、先日の閣議の時には、後藤は、ほかの大臣たちに、このインドネシアの新幹線問題について、別に何の相談もしたわけではなかったのである。閣議の出席者によると、インドネシアの新幹線については、何の話も出なかったという。

それが、いきなりの、あの記者会見での発表である。後藤総理代行が誰にも相談することなく、一人で勝手に突っ走ったと言われても、仕方がない行動だった。

国内のマスコミは、この後藤の発言をどこも批判的に扱ったが、海外の反応は、日本国内よりも、もっとシビアだった。特に、ソフト面を担当することになったフランスの鉄道関係の大臣は、

「すでに話し合いが終わっているというのに、日本の総理大臣代理は、フランスにケンカを売ってきた」

と、言い、それを地元のマスコミが、大々的に報じた。

一方、アメリカ政府も、すぐに反応した。今、アメリカにも高速鉄道を走らせようという計画があって、現在、その受注を巡《めぐ》って日本、ヨーロッパ、そして、中国が争っているからである。

アメリカのジャーナリストは、フランスよりも、もっと辛辣《しんらつ》だった。ある新聞は、社説に、

「日本は、いったん契約が、完了したものを白紙に戻して、また一から争う姿勢を見せている。こんなことをしていると、中国に漁夫の利を与えることになってしまうことが心配である」

と、書いていた。

それでも、後藤総理代行は、考えを改めようとはしなかった。

これは明らかに、海路首相が、後藤典久外務大臣に、首相の座を譲るのを、前提としての言葉だった。

後藤としては、自分が次期総理大臣として、相応《ふさわ》しいことを証明したいと、考えていた。

自分が、日本のために、いかに大きな仕事をこなし、貢献する能力があることを、国民や国会議員に見せつけるチャンスだと、捉《とら》えていた。

アメリカ政府が、このままでは、中国に漁夫の利を得られてしまうと忠告したのは、単なる、脅かしではなかった。後藤総理代行の記者会見の直後に、中国政府が、インドネシアの政府に対して、新幹線の受注について正式な申し込みを行ったと、外電が伝えていたからである。

日本やヨーロッパにはない、中国の強みは、何といっても、その安さである。

かつて、タイでも、新幹線計画があって、その時、日本をはじめとする多くの国々が、その受注を巡って、タイ政府に、死に物狂いのアタックをしたことがある。

タイは、もともと、大の親日国で、太平洋戦争の時にも、日本の味方をしてくれた数少ない国の一つである。したがって、おそらく、日本に任せてくれるだろうと、日本政府は甘く考えていた。

しかし、タイは、新幹線計画を中国に任せることにした。それだけ、安さというのは、魅力的なことなのである。

それを考えると、アメリカ政府が危惧《きぐ》したように、下手《へた》をすると、インドネシアの新幹線計画も、中国に、奪われてしまう恐れがあった。

閣僚や与野党の国会議員の中には、記者会見における発言を、すぐに取り消したほうがいいと、後藤に、忠告するものもいた。しかし、後藤は聞く耳を持たず、自信満々な表情で、

「大丈夫だ。インドネシアの新幹線計画については、ソフト面も、日本が引き受けられるようにインドネシア政府を、必ず説得して、契約の内容を変えてみせる。私のことを信頼してほしい」

と、主張した。

二日後、後藤典久総理代行は、インドネシアに向かうために、首都高速道路を羽田空港に向かうことになっている。すでに関係者の一行は、一足先に、インドネシアの首都ジャカルタに着いていて、後藤の到着を待ちわびているはずだった。

後藤には自信があった。

というのも、今年中に、総理大臣として使える機密費が、まだあと一千億円残っていたからである。

本来なら、この機密費は、海路総理が使う権限を持っているのだが、現在、海路総理は病気で倒れて入院し、後藤が総理代行を務めていたから、後藤に使う権限が回ってきたのである。

その一千億円をうまく使えば、インドネシアの政府は喜んで、ハード面だけではなく、新幹線計画のソフト面まで日本に依頼すると、約束してくれるだろう。そう考えて、自信満々だったのである。

十津川は、暗殺犯たちが、この機会を、後藤暗殺の絶好のチャンスと見て、行動を起こすに違いないと思った。

西本刑事に、調べさせたところ、政治評論家の倉本広次の祖父も、野崎たちと同様、東條暗殺計画の参加者だったことが、わかっている。彼らは、決死の覚悟で、臨むに違いない。

この暗殺は、彼らに、どんな理由があるにしろ、阻止しなければならない。それが、自分たち、警察官の仕事であり、義務なのだ。

十津川は、亀井をはじめ、部下全員に、出動を命じた。

2

羽田空港に向かう車の中で、後藤総理代行は、腕時計に目をやった。

「何時の出発だったかな？」

「十時五十二分です。ゆっくり行っても、ゆうゆう間に合います」

と、秘書が、言った時、突然、後藤の乗った車が、宙に飛び上がった。

運転手は、ハンドルを取られてしまい、慌てて態勢を立て直そうとすると、車の前輪が、激しく側壁にぶつかってしまった。更に、その反動で、車体全体が、宙に舞い、高い側壁を飛び越えて、下の一般道路に、落下していった。

幸運なことに、後藤総理代行は、右足と腕の骨折で、命に別条はなかった。意識も、はっきりしていて、全治三ヵ月という診断が下された。

しかし、助手席にいた女性秘書は、病院に搬送される途中で息を引き取った。運転手も同じである。

車は一般道路に落下した直後に、ガソリンに引火して、たちまち炎に包まれた。

駆けつけた救急車の隊員が、炎の中から、三人を救い出し、病院に運んだのだ。

その車に乗っていた三人の内、二人が、死亡したのだ。

助かったのは、後部座席にいた、後藤典久だけだった。驚くほど悪運の強い男だった。

当初は運転ミスによる、単なる交通事故と考えられた。しかし、十津川は、調べてみると、事故を装った殺人という可能性も、あると見て、この件を事故と殺人の両面から捜査することになった。

羽田に向かう首都高速の一部は、通行止めになった。十津川は、交通事故の専門家からも事故の模様についての、説明を受けた。

「この道路上に残されたタイヤのスリップ痕《こん》から推測しますと、おそらく、時速八十キロほどで走行中に、突然、運転手が、何らかの原因でハンドルを取られたために、運転を誤ったことによる事故ではないかと、思われます。運転手が、慌てて、急ブレーキを踏んだので、車体が大きく浮き上がってしまい、横の側壁に激しくぶつかったのです。その反動で、高さ一・五メートルの側壁を飛び越え、下の一般道路に落下したのではないかと、思われます。落下した後で、ガソリンが漏れ、それに引火したと考えられます」

「そこで、教えていただきたいのですが、これは事故でしょうか？　それとも、何者かが仕組んだ、犯罪でしょうか？」

と、十津川が、聞いた。

「現在の時点では、どちらとも決められません。交通事故の専門家である私が見ても、事故、事件、どちらの可能性もあるとしか、言いようがありません。落下した車体が、炎上していなければ、いろいろと、わかって、どちらと断定することもできるでしょうが、ご覧のように、すっかり燃えてしまっていますから、よほど注意深く調べないと、事故なのか、それとも他殺なのかは、判断できません。結論が出るまでには、時間がかかると思いますね」

と、専門家が、言った。

「現場の路面が荒れていたとか、あるいは、濡れていたとか、そういうことは、ありませんか？」

「私が見たところでは、そうしたことは全く考えられませんね。ごく普通の、何の問題もない路面です。道路の状況が事故を、招いたということは、まず、あり得ないと思います」

「そうすると、事故の原因としては、どういうことが、考えられるんですか？」

「亡くなった運転手の方には、申し訳ないのですが、脇見運転をしていたとか、あるいは、車には、カーナビがついていましたから、それに気を取られて、前方をよく見ていなかったとか、そういう個人的なミスが、事故につながったことが、考えられます。ただし、百パーセント個人的なミスとの断定は、危険です。もっとよく、調べてみないと、何とも言えません」

専門家は、あくまでも慎重だった。

その後、司法解剖された運転手の遺体から、多量の睡眠薬が検出された。運転手の妻は、夫は缶ジュースを良く飲んでいたと証言した。

運転手の国会の控室から、ジュースの空き缶が見つかった。底に微量の睡眠薬が付着していた。恐らく、運転手は、自販機で購入したジュースに、睡眠薬を入れられたのだと、十津川は、推測した。だが、確証はなかった。

3

捜査本部に戻った十津川は、野崎英明と連絡をつけ、会って真相を聞かねばならないと思った。本当に、野崎が暗殺計画に加担しているなら、友人として、説得しなければならない。

今、野崎は、どこにいるのか。これまでも、何度も、彼の携帯に電話したが、繋がらなかった。

十津川は、携帯会社に要請し、野崎の携帯のある場所を、特定してもらうことにした。その結果、彼は、錦糸町《きんしちょう》駅周辺にいることが、判明した。

十津川は、駅周辺のビジネス・ホテルや、カプセル・ホテル、それに加えて、漫画喫茶を、シラミ潰《つぶ》しに調べあげた。そして、ついに、ビジネス・ホテルに泊まっていた、野崎を見つけ出した。

野崎は、ロビーで、コーヒーを飲んでいた。十津川は、背後から近づき、声をかけた。

「久しぶりだな。どうだ、元気でやっているのか？」

振り返った野崎は、一瞬、ビックリした表情を見せたが、

「ああ、元気だ。ところで君は、こんなところで、何をしているんだ？」

と、十津川に、聞いた。

「実は、君のことを、いろいろと、調べさせてもらった。どうして、突然、警視庁を辞めてしまったのか、君は辞める時、私に何も言わなかったからな。それで、そ

の理由を知りたかったんだ。しかし、いくら、調べても、君が警視庁を辞めた理由が、わからない。仕事のミスもなかったし、君の周囲で何かトラブルが起きていたということもなかったし、君が女性問題で悩んでいる気配もなかった。つまり、君が警視庁を辞めなくてはならない理由は、何一つ見つからなかったんだよ。どうして警視庁を辞めたのか、その理由を、聞きたくて、君を探していた。君の携帯に、何度、電話しても、応答はなかった。だから、直接会って、君の真意を知りたかったんだ。今夜は、徹底的に、君と意見を交わしたいと、思っている。君は、このホテルに、泊まっているんだろう。ロビーでは、込み入った話はできないから、君の部屋で話をしたい」

「ああ、そうしよう。狭い部屋だが、それでも良いかい？」

野崎は、十津川を、三階の角部屋に案内した。小さな冷蔵庫があり、テレビが置いてある。野崎は、ベッドに腰を下ろし、十津川は、鏡台の前の椅子に座った。

「なぜ、僕が警視庁を辞めたか、理由を知りたいと、言っていたな。特に、理由なんか何もないよ。警察の仕事が、いやになったんだ。それだけだ」

「どうにもわからないのは、君が突然辞めてから、二つの事件が、起きているということだ。どちらも政治絡《がら》みの事件だ。君が警視庁を辞める少し前、日本を揺るがすような事件が、起きていた。それは、ある東アジアの国の政治経済について、こっぴどく批判した意見広告を、紙面の片面半分に掲載した新聞があったんだ。その意見広告の内容というのは、要するに、こういうことだった。その国の大統領は完全な独裁者である。反政府主義者が二万人も刑務所に入れられており、連日の激しい拷問《ごうもん》で、今までにその一割、約二千人が死亡している。そんなひどいことを平気でやっている人間が大統領を務めているような国とは、日本は断じて、国交を結ぶべきではない。すぐに国交を断絶し、同時に貿易も停止すべきである。こんな内容が、意見広告には、書いてあったんだ。その意見広告は、中央新聞の社長岩山泰山《いわやまたいさん》が代表者で、日本の知識人十人が、連名したものだった。そこには、著名なニュース・キャスターや映画監督、そして評論家の名前があった。その中で、倉本広次という気鋭の評論家が、副代表として、署名していた。この倉本という名前には、君も心当たりがあるんじゃないかね？」

「いや、今、初めて聞く名前だよ」

「倉本は、茅ヶ綺に屋敷を持っている。その町を歩いている、君の姿も、確認されているんだよ」

「それは人違いじゃないのか？　君が、僕を、見たわけじゃ、ないんだろう？」

と、野崎が、言った。

「君が、否定するなら、それで良い。話を戻すと、社長は、その国に一ヵ月滞在して、その国の実情をしっかりと、この目で、見てきた。その上で、日本の政府に、あるいは、日本の実業界に、警告する意味を込めて、意見広告を、掲載したのだと主張した」

「その意見広告なら、僕も読んだような気がするが、良く覚えていないんだ」

「この意見広告のために、日本政府と実業界は、困惑した。なぜなら、当時、その国は、新幹線の計画を立てており、一方日本は、新幹線計画を何とかして受注しようとして、一生懸命、大統領とコミュニケーションを、図ろうとしていたからだ。時の政府や首相も、困ってしまって、すぐに、中央新聞の社長と面談して善処《ぜんしょ》を要求した。掲載してしまった意見広告を取り消すことはできないから、代わりに謝罪広告を、出せと要求した。しかし、中央新聞の社長は、首相の要求を、頑《がん》として受けつけず、謝罪するどころか、一回目よりも、さらに大きな二回目の広告を掲載したんだよ」

「ああ、そのことは、覚えている。たしかに、大変な騒ぎになったからな」

「ああ、あの時は、本当に大変な騒ぎだった。そんな時に、君は突然、警視庁を退職してしまった。ところが、その一ヵ月後、中央新聞の岩山社長が交通事故に巻き込まれ、治療の甲斐《かい》なく、その後に、亡くなった。ほどなく、新しい社長になって、『大型商談がまとまれば、日本も、その国も、ウィンウィンの関係になり、現地でも大歓迎されている』という記事が掲載された。政府の方針を称賛する記事だ。その記事は、一回だけではない。何と一週間も続けて一面を飾った。そのおかげで、問題の東アジアの国の大統領と日本の仲が悪化することもなく、どうやら、その国の新幹線を、日本が受注することが決まりそうな感じになっている。もう一つは、半年後に起きた海路首相の、中央病院への突然の入院だった。そのことに端《たん》を発した後藤外務大臣の総理代行への就任問題が起き、そして、世論調査の結果、後藤総理代行が国民の支持を集め、その後藤総理代行の言動が日本政府、あるいは、アメリカ政府などに危惧の念を抱かせているというわけだ。この一連の経緯については、君だって、よく知っているはずだ。そうだろう？」

と、言って、十津川が、野崎の顔を見たが、野崎が、黙ったままなので、さらに言葉を続けた。

「ところが、この後藤総理代行は、突然、交通事故に遭って怪我をしてしまった。ここまでは、まだ私も、そんなに、難しくは考えていなかった。まあ、世の中には、こんなこともあるかもしれないなと、思っていたんだが、今日の新聞に、入院していた海路首相の症状が、持ち直して、集中治療室から、病室に戻った。しかし、体力の衰えや、年齢のことも考慮し、半年後の、保守党の総裁選に、再立候補はしないだろうという記事が、載っていた。つまり、海路が、総理大臣を辞める、と言っているわけだ。そうなると、次の総理大臣になるのは、現在の後藤副総理が、最有力だ。もっとも、保守党で最大派閥を率いている後藤だが、他の派閥の議員たちには、好かれていない、対立候補が出て、総裁選を行うとなると、敗北する可能性もある。後藤が確実に総理大臣になるには、海路首相から禅譲してもらうのが一番いい」

「海路から、後継者として、指名してもらうということか？」

「その辺のところは、君たちの方が、私より、わかっているはずだ。少しずつ、右に傾き始めた海路政権は見逃せても、次の総理大臣が、国粋主義の後藤典久になることは、座視《ざし》できない。そこで君たちは、日本の将来を憂いて、お祖父さんの教えどおり、行動を起こすことにしたんだと、思う。僕の推理は、当たっているだろう？」

「僕が、祖父の教えに、影響を受けたことは、確かだよ。祖父は、僕の自慢であり、誇りだ。だからこそ、祖父に興味を持っていた君に、貴重な手記を、読んでもらいたいと考えて、送ったんだ。確かに、僕も、祖父のように、世直しのために、命を捧げても良いとは、思っている。だが、僕に、共鳴するような仲間は、見つからなかった。僕一人じゃ、何も、できやしない。ただ、力があれば、後藤典久を抹殺したいとは、いつでも思っているよ。もちろん、単なる妄想だがね」

と、野崎が、言った。

「いや、妄想ではないよ。君には、沢山の同志がいて、すでに、暗殺計画が動き出していることはわかっているんだ。君の、お祖父さんの手記を読ませてもらって、三人の特高警官が実行犯となり、その他に、政治家や軍人など、多くの同志がいたことが、記されていた。私は、君のお祖父さんと行動を共にした祖父を持つ、佐伯勇夫が参加していることを、確認済みなんだよ」

「どんな証拠があるんだね。あるなら、是非《ぜひ》、見せてほしいものだ」

と、野崎が、居直るように、言った。

「じゃあ、僕が知っていることを、詳しく話そう。君の祖父の同志の名は、佐伯勇三と木戸公一郎だ。佐伯明日香という名に、心当たりがあるだろう。中央病院で、看護師をしていて殺された、女性のことだ。私は、その女性の父である佐伯勇夫が、娘の明日香を使って、海路首相の病状を探らせていたと、考えている。明日香は、海路と後藤の秘密の話を耳にしたため、殺されたことは、間違いないと思っているんだ。君は、この佐伯たちと、海路や後藤の暗殺を企《たくら》んでいるんだろう」

十津川の言葉に、野崎英明は、急に笑い出した。

「いや、感心したよ。君の想像力は、ものすごいな。それだけの想像力が、あるのは、大したものだ。敬服する。しかしね、残念ながら、君の想像は全て、的外れというしかない。僕は一度も、海路首相に会ったことはないんだ。総理代行の後藤にも、会ったことがない」

と、野崎が笑った。

「君たちが、強羅に集まって、熱海の別荘に監禁されていた海路首相を、暗殺する計画を練っていたことは、わかっている。強羅の駅前を、歩いている君の姿を、見た者がいるんだよ。恐らく、君たち以外にも、海路や後藤たちの情報を、提供する人物も、同席していたに違いないだろう？」

「それは人違いだ。僕は強羅などに、行ったことはないよ」

「君たちは、後藤が海路首相に政権の禅譲を迫っていること、そして、後継者として指名してくれれば、海路の孫を国会議員にさせるために協力するという条件を提示していることを知って、それを海路が呑んでしまうことを、恐れていた。海路の後援会長の浅川という男が、後藤に寝返って、海路を自分の熱海の別荘に監禁し、説得しているのを、知った君たちは、一刻も早く、海路を殺そうと考えた。が、別荘は、関西に拠点を置く暴力団員で、厳重に警戒されていた。なかなか隙が見つからず、君たちは、焦《あせ》っていた。そんな時、私たちは、浅川の別荘を突き止め、君たちが海路を暗殺するのを防ぐため、別荘周辺を捜査したんだ。しかし、私たち警察の手が伸びてきたことを、浅川たちは気づいた。それで浅川は、慌てて、監禁していた海路首相を別の場所に移した。別荘を警備していた暴力団員たちも、クモの子を散らすように姿を消した。君たちが、気づいた時には、別荘はもぬけの殻だった。結局、君たちは、海路首相暗殺を、断念せざるをえなかった」

と、十津川は、言った。

「君の言うことが正しいなら、海路首相は、中央病院に戻った、ということになるね」

「海路首相が、浅川の説得に応じて、条件を受け入れ、半年後の総裁選で、後藤典久を後継者にするという覚書を交わしたとしたら、もう後藤たちにとって、海路は用なしとなる。なにしろ、中央病院の集中治療室には、海路のそっくりさんが、いるわけだ。その男を上手く使って、半年後の総裁選まで、時間稼ぎをすることになる」

「とすると、海路首相は、すでに消されてしまったわけか？」

「今のところ、殺されたか、別の場所に監禁されたか、わからない。海路が、後藤と政権禅譲の覚書を交わしたと言っても、海路が生きていれば、いつ、その密約がバレるか、心配があるからね。自分たちが用意した海路の影武者なら、安心だということになる」

　と、十津川が、説明した。

「要するに、次期総理大臣は、後藤典久に決まったも同然か？」

「君たちは、そうなることを、とっくに知っていたはずだよ。後藤が副総理でいる間に、暗殺すべきだと考え、車で羽田空港に向かっている後藤を、事故死させようとした。だが、可哀想なことに、亡くなったのは、なんの罪もない若い秘書と運転手だった。後藤は怪我したが、足と腕の骨折だけで、全治三ヵ月との診断だ。二週間ほどで退院し、仕事をすることも可能だと言われている。だから、半年後の総裁選には、なんら支障はない。海路首相の、お墨付きとなれば、対立候補もなく、満場一致での信任投票となるのは、明らかだね」

「君の話が本当だとすると、後藤という男は、極悪《ごくあく》な政治家だと思えるね。そんな男に、日本の舵取《かじと》りを任せたら、大変なことになるのは、目に見えている。僕は何もできないが、後藤のような政治家は、この世から消えてほしいと、望んでいる人たちは、沢山いるんじゃないかな？」

と、野崎は、他人事のように、言った。

「いや、君たちが、後藤典久を狙っているのは、確かだ。だが、どんな悪人でも、法の下で裁《さば》かれるべきで、私刑《リンチ》は許されない。暗殺計画を阻止するのが、警察の当然の職務であることは、君も承知しているはずだ。そして、なによりも、無二の親友の君を、殺人犯にしたくはないと、心の底から、思っているのだ」

と、十津川は、感情を込めて、言った。

「君の気持ちは、ありがたく、頂いておくよ。だが、今の世の中で、そんな暗殺計画などという大それたことを、考える奴がいるとは思えないね。少なくとも、今まで、僕は考えたこともないし、これからも、ないだろうね。刑事は辞めたが、人を殺して刑務所送りには、なりたくないからね」

と、野崎は、自分に言い聞かせるように、言った。

4

いつの間にか夜が明けていた。

十津川は黙って、部屋にあったテレビのスイッチを入れた。

朝のニュースが始まっていた。

そこに映っていたのは、中央病院を退院しようとしている海路首相の姿だった。

ついこの間まで生死の境をさまよっていたはずなのに、テレビの画面に映っている海路首相は、何事もなかったかのように、元気いっぱいの様子で、世話になった医者や看護師に手を振りながら、秘書と一緒に迎えの車に乗り込んでいく。

たくさんのカメラのフラッシュが光る中、車は走り去った。

テレビ局のアナウンサーがしゃべる。

「病気も癒《い》えて元気になった海路首相は、明日から、また以前のように、政務に復帰される予定だそうです。なお、交通事故で重傷を負い、入院中の後藤典久外務大臣が行くはずだったインドネシアには、海路首相が行かれることが、正式に決まりました」

テレビの画面を見ながら、野崎が、

「とにかく、これで、万々歳じゃないか。後藤典久だと、考え方に、柔軟性がなくて、アメリカなどの友好国ともうまくやっていけそうにないと心配されていたというからね。その点、海路首相のほうは、常識的な考え方の持ち主だし、アメリカなどの受けだっていいはずだ。従って、これからは、いろいろなことを、心配しなくてもいいんじゃないのか」

と、言った。

「海路首相が、ホンモノであれば、なんの心配もないが、もし、海路の替玉が首相を演じているとなると、これは問題だな。一連の出来事を、私の見方から言えば、話は、それほど、簡単じゃないんだよ。中央病院の看護師と恋人の男が、相次いで死んでしまうという事件があった。あれは、単なる心中事件だという人もいたが、私は、そうは思わなかった。誰かが、心中に見せかけて、二人を殺したのだろうと思って、捜査したんだ。殺された看護師は、今、君と行動を共にしている佐伯勇夫の娘だと、わかったんだ。そして、佐伯勇夫の祖父も、君のお祖父さんと、東條暗殺計画の同志だったことも、わかっている。佐伯の娘は、海路と後藤との秘密の話を、立ち聞きし、口封じのために、殺されたのは、間違いないと思う。彼女の恋人も、その秘密を伝え聞いていると思われて、殺されたんだ。その事情は、当然、君も承知しているはずだ」

十津川が、言うと、野崎は、

「念のために、断っておくが、僕は、二人の若者が殺されたことには、なんの関係もないよ」

「正直にいうと、最初は、君が二人の死に、関係しているんじゃないかと、疑っていたんだ。君がお祖父さんの手記を僕に送ってくれた際に、看護師と恋人の死に、自分は無関係だと弁明していて、なにか、不自然さを感じていたからね」

「やっぱりね。君のことだから素直に僕の言葉を信じないだろう、と思っていたよ。でもちゃんとしたアリバイがあるんだ」

「ああ、たしかに、君のアリバイは完璧《かんぺき》だろうね。そのアリバイを、聞くつもりはないよ。私たちは、すでに、佐伯明日香と恋人の大西博史殺しの犯人は、関西に拠点を置く、暴力団の二人の組員だと、突き止めているからね」

「そうだろう」

「しかし、私たちが、その二人の組員の事情聴取を、大阪府警に頼んだところ、この二人の男は、山奥のダム湖に車ごと転落し、溺死《できし》しているという報告が返ってきた。車は、青山のパチンコ屋の監視カメラに映っていた、高級外車で、番号も一致していた。私は、彼らが、暴力団上層部の指示で消されたと、推測している。二人の犯行が明らかになって、暴力団の幹部や後藤典久に嫌疑がかからないように、殺されたのだろう。しかし、もしかすると、復讐のために、その二人を殺したのは、君たちかもしれないな」

「どうして？」

「その後、続いて、後藤典久が事故で怪我をしたり、病気が重かったはずの、海路首相が退院したりと、不可解なことが、次々に、起きているからだ。君たちは、後藤を交通事故を装って暗殺しようとしたが、失敗したんだろう。君たちは、後藤が生きている限り、暗殺を諦《あきら》めることはないのかね？」

「さっきから何度も言っているように、単なる君の妄想だ。何の証拠もない」

「何年か前の話だが、東京で殺人を犯した男が京都生まれの人間でね。京都まで、追いかけていって、一ヵ月かけて、探し出して、その男を逮捕した」

「ちょっと、待ってくれよ。そのことが、僕と、どういう関係が、あるんだ？」

「その頃、京都では、市とお寺とが、観光税を巡ってモメていてね。市のほうは観光客一人について、いくらいくらの観光税を徴収するといったことを考えていて、逆に、お寺のほうは、市が観光税を撤回しなければ、観光には、一切協力しないといって、清水寺《きよみずでら》や苔寺《こけでら》なんかは、特定のホテルに泊まった客以外は、境内に入ることを拒否しはじめてね。両者がモメにモメていたんだ」

「何年前かは忘れたが、たしかに、そんなことがあったのは、覚えている」

「こじれて、どうしようもないと見ていたら、突然、一人の人物が現れた。何とかさんと言ったか、名前は、忘れてしまった。京都の町をいくら調べたって、その人の名前は、出てこないよ。ところが、京都の人たちは、その何とかさんが、出てきてくれたというだけで、ああ、これで、問題は、解決したと言って、みんながホッとしたような顔をしているんだ。その人は、政治家でもなければ、お坊さんでもないし、実業家でもない。他所者《よそもの》の私がいくら調べても、素性《すじょう》がわからないんだ。ところが、京都の町で、何かモメ事とか、困ったことが、あって、にっちもさっちもいかなくなると、その何とかさんが、出てきて、あっという間に、解決してしまう。京都の市民は、そのことをよく知っているから、それでホッとしたんだ。私は、なかなか信じられなかったが、驚いたことに、本当に、あっという間に、解決してしまった。京都のような古い町には、そういう、得体《えたい》のしれない人間が、いるんだなと、感心したんだ。日本は古い国だ。だから、政治問題や経済問題でこじれてくると、例えば、君の家、野崎家のような家から、君のような人間が、突然現れて、どうしようもなくこじれてしまった事件とか、政治家にも資産家にも、そして、警察にもどうにもならないような事件とかを、法律の手を借りずに、あっという間に、解決してしまうんじゃないのか？」

「君はまだ、僕のことを疑うつもりか？」

と、野崎が、聞く。

「僕は、退院した海路首相は、後藤一派が用意した偽者の『カイジ』だと考えている。恐らく、彼は、半年後には、総裁選の立候補を取り止め、後継は後藤副総理に託《たく》したいと、言い出すと見ている。君たちも、私と同じ見方を、しているはずだ。つまり、後藤の天下取りが、もうすぐ、成就《じょうじゅ》することになる。君たちは、後藤が君臨する日本を危惧して、彼を抹殺しようと、しているんじゃないかい？　国の将来を、憂える気持ちは、わからないでもないが、何度も言うように、僕は、警視庁の、刑事だ。殺人を見逃すことなど、できないよ。君が馬鹿げたことを考えているなら、止めてほしい」

「ありがた迷惑な話だ。君が、馬鹿げた妄想に、とらわれていては、刑事としての、捜査にも支障をきたすことになるだろう。今日、君が言ったことは、いわゆる都市伝説の類《たぐい》だよ」

と、野崎が、言った。

「都市伝説？」

「ああ、そうだ。例えば、戦時中の、M資金の存在をいまだに、信じて、詐欺《さぎ》にあったりする人間がいるじゃないか。そうした類だよ。京都のような古い都市とか、東京のような膨張しきった大都会では、時として、そんな伝説が残っているんだ。古いところでは、平将門《たいらのまさかど》の亡霊が、いまだに京都の市中をさまよっているとか、東京の場合で言えば、どこどこのビルの地下を掘れば、ゼロ戦が、何機も埋めてあるとか、何とか資金がどこどこに眠っているといったような伝説なら、大都会東京には、腐るほど残っているんじゃないかね」

と、野崎が、笑った。

「なるほどね。都市伝説の類か。たしかに、そうかもしれないな」

と、言って、十津川が、初めて笑った。

「もう、君と、話すことはないが、一つだけ言えることがある。君は、現役の刑事だから、いかなる私刑《リンチ》も阻止するのが、自分の責任だと考えているだろう。だが、僕は、今や、刑事ではなく、一般人だ。狂気に取り付かれた一人の人間によって、多くの若者が戦場に送られる危険があるなら、その男を殺すのも、やむを得ないと思っている。ただ、情けないことに、僕には、殺人を実行する度胸がない」

「そうか。君が、そこまで言うなら、もう、これ以上、なにも言わないよ。くれぐれも自重してくれ。君を、殺人犯として逮捕するのは、親友として、忍《しの》びない」

と、最後に、十津川は、言った。

「それは、僕も、御免こうむりたいな」

と、野崎は、笑って、答えた。

もう二度と、野崎と会うことはないのかもしれない、と思いながら、十津川は、野崎がホテルを出て、雑踏の中に消えて行くのを、見送った。

第八章　十津川の責任（沈黙の戦場）

1

十津川の戦いが始まった。彼の眼に見えているのは、野崎英明ひとりしかいない。しかし、彼が何をしているのか、わかっているわけではない。

ただ、野崎は、彼の祖父が、太平洋戦争中、東條首相暗殺計画に参加したように、彼も、現代の首相を暗殺する計画に、参加しているらしいと、十津川は、うすうす気がついていた。強羅でも、茅ヶ崎でも、野崎の姿は、確認されていた。常に、仲間たちと行動を共にしているのは、明白だった。

今まで、日本国にも、政治家にも、現憲法を、積極的に変えようとしたり、勝手に解釈できるとうそぶく者は、現れなかった。だから、国民は、自分が暮らす社会が、突然変わってしまうことなど、考えずにすんでいたのである。明日も、明後日も、今日と同じ穏やかな日常があって、突然、落とし穴に落ちることはない。

その上、経済的には、デフレから抜け出していない。景気が悪いという人もいたが、年金生活者、特に月七万円の国民年金の受給者にとっては、とにかく、七万円の値打ちが変わらない安心感があった。

それが、ここにきて、海路首相は、日本を、インフレに持っていく、円安にして、輸出しやすくすると約束した。方法は簡単だった。というより、誰もが知っている方法である。

流通する金の量を、増やせばいいのである。もちろん、それだけでは、国の借金が増えるだけだから、一時的に、借金を引き受ける相手が必要になる。

それが、日銀である。今まで、日銀（総裁）は、政府がインフレ政策をとれば、それを抑え、デフレ方針を堅持してきた。ところが、今回、日銀総裁は、政府に同調したのである。

政府が、五十兆円の札を余計に刷ると、日銀が、その借金を肩代わりして（国債として購入）、自由に使える円として、社会に、ばらまいたのである。

純粋に、自由に使える五十兆が生まれたのだ。自然に円安の雰囲気が生まれる。

輸出業は、元気になり、株も上がる。

問題は、このあとである。バラまいた円は、そのままにしておくと、国の借金になるから、回収しなければならない。回収する方法は、一つしかない。税金である。

ところが、海路首相は、消費税をあげるのをためらっている。その上、日銀総裁まで、更に政府に協力すると言い出している。二人で、もっと金をバラまこうというのである。しかし、バラまいた金は、いずれは、税金で回収しなければならないのである。

秋口になって、保守党の総裁選が始まる十日前に、突然、海路首相が引退を表明した。高齢と体力、気力の衰えから、身を引くというのだ。海路の病状が回復し、引き続き総裁になり、首相になると、保守党内で思われていたので、彼の辞意表明に党内は騒然となった。

「今、日本は、経済は低迷し、政治的には周辺諸国との軋轢《あつれき》が増している。こんな時に、何人もの候補者が立ち、総裁選を戦うのは、愚の骨頂《こっちょう》である。そこで、私は、後藤副総理を後継者として、推薦したい。彼は、有能な政治家で、私の右腕として働いてくれた。従って、今回の総裁選は、後藤君への信任投票にして頂き、大同団結して、難局に対処してもらいたい」

この海路の発言で、党内の派閥は、渋々《しぶしぶ》ながら、後藤を総裁にすることに、同意せざるをえなかった。各派閥が相談して、対立候補を出す時間の余裕が無かったこともある。

こうして、ついに、後藤典久が、保守党の総裁になり、総理大臣の椅子に、座ることになった。そして、驚いたことに、民間人の浅川清が、防衛大臣に任命された。

この政局を見届けた、十津川は、いよいよ、野崎たちが、動き出すに違いないと、思った。

後藤首相は、新たに、国民の眼を、別の方向に向けさせることを考えた。

憲法改正と、強い国日本である。

都合のいいことに、世界は、今、動乱の予感で揺れている。

強い日本が、必要なのだ。

憲法改正して、強い国になろう。

国防予算を増やして、強い国になろう。

戦争ができる国にするという。

しかし、戦争ができるだけのことなら、人口一万人の小国だって、大国アメリカや中国に宣戦布告すれば、戦争を始められるのだ。

しかし、世界第三位の経済大国日本が、戦争できる国を目ざすなら、必要なことが、いろいろとついてくる。

その第一は、仮想敵国である。それがなければ、戦える国は、作れない。戦争をしない国なら仮想敵国は必要ないが、具体的に、戦争ができるとなれば、どの国が、仮想敵国か決めなければならない。それに従って、どんな軍備が必要か、国防費の大きさも、決まってくるからである。

戦う軍隊は、戦いやすい軍隊である必要がある。

中国が仮想敵国なら、中国と戦いやすい軍隊を作らなければならない。中国と戦えるということは、中国と同じく、原爆を持たないと、戦えないだろう。

戦う軍隊なら、何よりも、軍（自衛隊）の刑法を持たなければならない。特に、海外派兵が可能だそうだから、現地で、地元民と問題を起こしたら、その隊員は、その国の法律で、処分されるのか、それとも、自衛隊の刑法で、罰せられるのかも、はっきりしない。

他にも、問題はいくらでもある。命令違反して、現地で逃亡したら、どんな罪になるのか。太平洋戦争では、東條陸軍大臣が、戦陣訓で、敵に捕まりそうになったら、自決しろと教えていたが、戦争中にあった陸軍刑法では、刀折れ、矢つきた時は、敵に降伏してもいいとしていたし、その場合の罰則は、六ヵ月の禁固と軽かったのである。それなのに、東條たちは、そんな刑法がある（明治三十年代に作られ、戦後の昭和二十七年まで生きていた）のを教えず、ひたすら自決しろと脅していたのである。そして今回、後藤首相は、現地で戦闘に入ることもあると教えているのだから、その時、万策つきたら、敵の捕虜になってもかまわないと、教えているのだろうか。

その場合の罰則の軽重についても、自衛隊員は、教えられているのか。ただ、戦えとだけ、教えているのだとしたら、大変である。

後藤首相たちが、やたらに張り切って、集団的自衛権があるから、戦争ができるというだけなら、子供が、戦争ごっこができると、はしゃいでいるのと同じで、太平洋戦争の時と同じように、隊員の犠牲を増やすだけだろう。

もうひとつ、心配なのは、陸、海、空自衛隊の幕僚長の戦争に対する考え方であり、それは当然、最高指揮官である後藤首相の考え方である。

やたらに勇ましいことが、不安になってくる。後藤首相に聞いてみたいことが、二つある。一つは兵士と国との関係である。徴兵制に反対らしいから、戦うことは、国民の義務ということではないだろう。志願制なら、兵士個人と国との契約である。兵士も契約を守るから、国も契約を守る必要がある。アメリカ映画に、一人の行方不明になった兵士を探すために、小隊で、戦場を探し回るのがあった。これは、明らかに、国が、一人の兵士との契約を守ることを示しているのだ。太平洋戦争では、未だに、行方不明のままの兵士が何万人もいるのだが、日本国は、最後まで遺骨を探す気があるのか。

もう一つ、後藤首相に聞きたいのは、太平洋戦争中の「特攻隊」のことである。最初から死ぬと決めた攻撃は、日本軍だけの戦い方だった。

戦後、自衛隊の幕僚長たちは、「特攻で死んだ若者たちの行動は立派だが、戦い方としては間違っているから、二度と、やってはならない」と、言っているが、その中に、「特攻は絶対にやらない」と、はっきり言明しない幕僚長もいた。

後藤首相は、どう思っているのだろうか。

後藤首相が、典型的な日本人だとすれば、彼の与党の政治家たちも、よく似ていて、精神主義者たちの集まりである。どの顔も、戦争を避けるより、戦うことが、生き抜くことより、死を選ぶことが、立派だと考えているようで、怖いのだ。

ビジネス・ホテルの部屋で、首相の顔をテレビで見ていた野崎が、ふと口にした言葉がある。

「今の政治家は、みんな若い将校の顔に見えるね。明治時代の大山巌《おおやまいわお》や児玉源太郎《こだまげんたろう》たちは、政治家の顔をしていた。戦争になっても、バカなことはしないだろうという、安心感はあるんだが、太平洋戦争になると、東條首相を始めとして、師団長か、連隊長の顔になってしまって、安心感がなかった。ところが、今の政治家の皆さんの顔は、もっと下の小隊長の顔だ。言っていることも、とても、政治家の言葉じゃない。だから、勇ましくて怖い」

と、言ったのである。

与党の若い一年生議員が、戦争反対を叫ぶ女性を見て、「自分だけ逃げる気だ」と、テレビの中で叱りつけた時は、とうとう、「あの顔は、兵隊をいじめた、下士官の顔だ。どこまで、低年齢化するのかな?」と、呆《あき》れていた。

これは、野崎たちが、今の日本を憂いている本当の気持ちだろうが、それだけでも、危険だなと、十津川は、考えていた。

後藤首相たちが、どんどん、危険な精神状況になっていけば、野崎たちも、同じように、強い危機感を持って、暗殺を正義と思いこんでいくのだ。

十津川は、戦時中の東條首相暗殺計画について、考えてみた。

暗殺の目的は、東條が、首相、陸軍大臣、陸軍参謀本部長と、権力を独占していて、彼がいるかぎり、戦争を止めることはできず、日本は滅亡に走ると考えたからである。

野崎たちが考えている後藤首相暗殺計画が、どんなものかわからないが、それほど、複雑なものとは、思えなかった。

後藤首相自身、自分の政治力に自信満々だろうから、さほど警戒はしていないだろう。

十津川は、東條首相と、後藤首相が、どこが似ているのか、考えてみた。東條は、自ら首相の地位を辞する気は、全くなかったが、後藤も似ている。

強力な与党を持ち、与党内にも、ライバルは、いない。今の状況が続けば、彼の地位は、ますます、強固なものになっていくだろう。

だからこそ、後藤は、ますます使命感に燃え、自分の考える、新しい時代を作ろうとしている。

その気配が、はっきりしてくるにつれ、一方で、後藤首相暗殺計画も、はっきりしてきている。そのことに、多分、後藤首相は、気付いていないだろう。

十津川は、刑事七人の特別チームを新しく編成した。

彼は、七人の刑事に向かって、言った。

「後藤首相暗殺計画は、今でも、存在している。野崎たちは、使命感に燃えているから、通常の捜査より難しいと、覚悟して欲しい。問題は、もう一つ存在する。後藤首相のほかに、浅川清が、防衛大臣になっていることだ。浅川は、軍需産業の育成を言い始めている。武器輸出三原則を撤廃し、友好国に、日本の優秀な兵器を、提供できるようにすると、主張している。もしも、後藤首相が、病気で長期に入院したり、あるいは、死亡したりしたら、次の総理大臣の座を、浅川が狙うだろう。もちろん、総理大臣になるためには、国会議員でなければならないが、後藤派の議員を買収して、議員辞職させ、代わりに自分が、補欠選挙に出馬するぐらいの悪知恵は、働く男だ。当然、野崎たちは、この浅川も、標的にしているに違いない」

十津川が、刑事たちに、注意した二日後、その注意が、必要なニュースが、飛び込んできた。

後藤首相が、マレーシアに、急遽、出かけることになったというニュースである。

2

マレーシアが新幹線を走らせるという話は前からあり、日本とヨーロッパ連合が、それぞれ、新幹線とＴＧＶの売り込みに、しのぎをけずっていたのだが、日本の新幹線の方が優勢だと言われてきた。ところが、突然、中国が割り込んできたのである。

中国の強みは、何といっても、その安さである。日本の新幹線より、二、三割は安いといわれる。マレーシアは、最近、急激に、経済発展をとげているとはいえ、二、三割の安さは、魅力である。マレーシアの首相が、中国の鉄道関係者と会っているという情報が入ったため、後藤が、急遽、クアラルンプールへ飛ぶことになったのである。

後藤首相のマレーシア訪問には、浅川防衛大臣も、同行することが、発表された。

首相官邸から、日程も、発表された。

羽田空港から、特別機で、二日後の十月二日、出発する。

十月二日早朝、後藤首相は、首相官邸で、同行する官僚や国会議員たちと、最後の打ち合わせをすませ、羽田空港に向かうという。

空港出発の時刻は、発表されなかった。

盛大な見送りもないという。

十月一日に、首相官邸で、後藤首相は、記者団に対して、この大型商談をまとめ、

「私は、任期の最初に、手掛ける仕事として、この大型商談をまとめ、併《あわ》せて両国の親善を深めたいと、希望しています。この訪問は、日本の技術力の高さを、世界に認めさせるチャンスです。成功すれば、新生日本の船出を、祝うことになります」

「浅川防衛大臣を同行させるのは、軍事面でも、技術輸出を、したいということですか?」

と、記者が、聞く。

「中国の脅威にさらされていることは、国民は全員知っていますよ。ですから、浅川君を同行させることは、日本の決意を世界に知らしめることになり、その意義は大きい」

と、言って、後藤首相は、ちょっと笑い、続けて、

「とにかく、私のもっとも信頼できる議員たちが、誇りを持って、仕事ができる国

にしておきたいのですよ。平和呆けした政治家と、国民が作った国家じゃない。世界に愛される日本もいいが、それだけじゃあ、この苛酷《かこく》な国際情勢の中で、生き残ることはできないのです。中国、韓国、北朝鮮などに、平気で悪口を言わせては、いかんのです。侮蔑《ぶべつ》されて、ヘラヘラ笑っている国や国民では、困るのです。なぜ、相手は、平気で、侮蔑の言葉をあびせかけてくるのか。それは、日本が、日本人が、いかに侮蔑されても、怒って、戦うことをしないと、わかっているからです。私に言わせれば、不思議な国民ですよ。毎年憲法記念日の五月三日になると、世界に向かって、日本は何をされても、決して戦いませんと、大声で誓うんですから。いくら、悪口を言っても構いませんよ。絶対にあなたを殴ったりしませんからと、誓うんですから。向こうは、安心して、悪口を言うし、こちらをバカにするんですよ。宗教の世界なら、ほめられるでしょうが、われわれが生きている世界では、バカにされるんですよ。私は、会津《あいづ》の藩校日新館が教える言葉を思い出すんです。さまざまな教訓が書かれています。嘘をついてはなりません。目上の人はうやまわなければいけません、とかあって、最後の言葉は、『ならぬものはならぬ』なのです。この言葉があってこその会津魂なのです。この『ならぬものはならぬ』があって、はじめて、会津は負けても、尊敬されてきたのです。私は、五月三日に、平和を唱えるよりも、『ならぬものはならぬ』と、叫ぶ国にしたいし、国民にしたいのです。今でも、会津藩、白虎隊《びゃっこたい》は、尊敬されています。私は、そういう国と国民にしたいのです。いや、そうした国にすることを、誓います。復活の第一歩が、マレーシア問題です。私の政府は、行動面では有言実行、能率第一で行くつもりです。浅川防衛大臣を、マレーシアに同行させますが、今までの首相がやっていたような、大勢の財界人を、引き連れることは止めて、少数精鋭で行動し、その場で結論を出したいと、思っています」

この情報から、十津川は、後藤首相は、首相官邸で、浅川大臣と、打ち合わせをすませたあとは、車を連ねて、羽田空港に向かうことになるだろうと、予想した。

「多分、先頭にパトカーが一台。二台目の車両に後藤首相、三台目には浅川防衛大臣が乗るだろう。パトカーの前に、白バイが一台、後藤の車の後ろに白バイが二台、付くことになっている。一行は、首相官邸を出て、首都高速に入り、羽田空港に向かう筈だ。高速道路でのUターンは、できないから、襲撃場所としては最適だ」

と、十津川は、刑事たちに言った。

「後藤首相を狙う連中が、どう出るかですね」

と、亀井が、言った。

「連中のなかには、後藤首相の近くにいる人間もいる筈だから、われわれと、同じ考えを持つ可能性は、あると考えざるを得ない」

「首都高を羽田に向かう後藤首相と、防衛大臣の浅川の車を狙いますか？」

「首都高を狙えるビルから、狙撃する可能性がある」

すぐ、首都高の霞《かすみ》が関《せき》から進入し、羽田までの道路地図が、スクリーンに映し出された。

次は、首都高沿いのビルである。

首都高を、羽田に向かって走る車を、狙撃する場所にあるビルが、一つずつ映し出されていく。

次は、そのビルの一つ一つについての、情報が入ってくる。屋上があるのか？

屋上がなければ、高速道路より高い位置に、空き部屋があるのかどうか？

狙撃に使えそうな雑居ビルが、二つ見つかった。

直ちに、十津川班は、二手に分かれて、この二つのビルに急行した。

霞が関の入口から、羽田空港までの間、十一キロの地点にある雑居ビルが、一つ目である。

このビルに、亀井刑事と二人の刑事が、パトカーを飛ばした。

十津川は、西本たち三人の刑事と、羽田空港に四キロの地点の雑居ビルに、急いだ。

その覆面パトカーの中で、西本刑事が、質問した。

「一行には、パトカーが一台、先導する形で付きます。その他に、白バイが三台付いています。これだけの警備をしている上に、かなりのスピードで走っていたら、狙撃するのは、なかなか難しいと思いますが」

「確かに難しい。だから、私が連中だったら、車を一台使って、パトカーと後藤副総理の車の間に、強引に割り込ませるね。成功したら、その車のスピードを上げたり、下げたりして、副総理の車のスピードをコントロールできるからね」

「問題の雑居ビルの近くに来たら、スピードを、コントロールするかも知れませんね」

「それが、一番怖い」

と、十津川が、言った。

これから捜査する雑居ビルに、野崎英明がいたとしたら、撃ち合いになる危険性が高い。確信犯の野崎を撃つことが、果たして、できるのか、十津川は、自信がなかった。できれば、そこに、野崎の姿がないことを、祈った。

十津川たちの車は、第二地点の雑居ビルの裏側に到着した。

このビルには、さまざまな店が入っていたが、どの店も、午前十時からのオープンで、今は、午前九時五分なので、閉まったままなのだ。

十津川たちは、非常口を、屋上に向かって、上がっていった。先ず、屋上を調べ、そこから階下へと、降りて行く作戦だった。

最上階の七階に到着した。

屋上に通じるドアの前で、十津川たちは、拳銃を取り出して、弾丸《たま》が入っていることを確認した。

屋上には、すでに、暗殺計画を立てている犯人たちが、来ているかも知れなかったのだ。

そっと、ドアを開けた。

屋上は、さして広くはない。そこには、部屋の数だけ、クーラーの排気口が、並んでいた。

まず、十津川が、屋上に出た。

首都高側に眼をやる。人の気配がない。

ドアを小さくノックすると、他の三人も、屋上に出てきた。

「人影は、ありません」

西本刑事が、言う。

十津川は、内心、ほっとしていた。

十津川は、携帯で、第一の地点にいる亀井にかけた。

「そっちは、どうだ？」

「まだ、後藤首相の車は、現れません」

「犯人たちは、見つかったか？」

「屋上を最初に調べましたが、人影ゼロ。五階を調べました。首都高側に窓があいている店は、三軒でした。印刷店、旅行店、それにリサイクル店です。三軒とも、しっかり調べましたが、怪しいところは、ありません。第一の地点では、犯人たちは、後藤首相一行を、狙《ねら》わないようです」

「わかった。一行が、そちらの監視点を通過したら、すぐに知らせてくれ」

十津川は、こちらの雑居ビルの六階部分を、直ちに調べることにした。

考えてみれば、犯人にとって、屋上より、六階の方が、狙撃は楽な筈である。ビルの屋上は、ヘリで監視されると、隠れることができない。

こちらのビルの六階にあるのは、会計士の事務所と、貸事務所で、入居者募集中の二軒だった。

十津川は、午前十時ジャストに、二人ずつで、一斉に、二つの部屋に、飛び込んだ。

会計士の事務所には、男二人と、若い女の三人がいた。

驚く三人から、十津川は、身分証明書を提出させた。その結果、中年の男は、公認会計士の資格を持った、この事務所の代表者、若い男は助手、女は、事務所の受付とわかった。それでも、十津川は、油断しなかった。

「今日は、理由を言えませんが、午前十二時まで、この事務所は、オープンせず、窓も開けないでください」

と、言い、刑事一人を、午前十二時まで、事務所に置くことにした。

入居者募集中の看板が出ている空き事務所に、西本刑事と日下刑事が、飛び込んでいった。十津川も、後に続いた。

部屋の中には、五人の男がいた。

作業服姿で、窓を開け、部屋の掃除をしている。

西本刑事が、警察手帳を示し、

「まず、窓を閉めるんだ！　それから、君たちは、何者だ？」

「このビルの持ち主の、貸しビル会社に、頼まれたんです。やっと、借り手がついたんで、掃除を頼まれたんです」

と、中年の男が、答え、

「何か、あったんですか？」

と、別の男が質問した。

「貸しビル会社の名前と、電話番号は？」

と、十津川が聞き、その電話番号にかけた。

「私は、警視庁の刑事で、十津川と言います。緊急事態に備えて、このビルを捜査中です。幾つか質問しますので、協力してください。先ず、この貸事務所の掃除を頼んだことは、確かですか？」

「その部屋に、借り手がついたので、掃除を頼みました」

「新しい借り手は、どんな会社ですか？」

「金券ショップですよ。何か問題でもあるんですか？」

「理由は、あとで説明します」

と、言っただけで、電話を切ると、厳しい眼で、部屋にいる五人を見つめた。

その一人が、窓に手を伸ばそうとするのを、日下が見つけて、叱りつけた。

「午前十二時まで、開けちゃ駄目だ」

「しかし、今日中に、掃除しておいてくれと、頼まれているんですけどねえ」

「指示にそむいたら、逮捕する」

日下は、わざと、拳銃に手をかけた。五人の反応を見たかったのだ。

「うわッ」

と、若い男が、大声を出したが、日下には、わざとらしく聞こえた。

十津川は、五人の中で、一番の年長者に見える男に、注目した。

「あんたは、拳銃を見ても、驚かなかったね。銃に慣れているんだな。撃ったことがあるのか？」

「そんなことはありませんよ。ぶるぶる震えていますよ」

その時、十津川の携帯に、亀井刑事からの連絡が入った。

「ただ今、パトカーに先導された総理一行の車が、第一地点を通過しました」

「了解した」

後、二十分で、こちらの第二地点に到着するだろう。

部下の刑事三人に警戒を命じたのだが、一つだけ気になったのは、犯人の車のことだった。十津川の想像では、先導するパトカーと一行の車の間に犯人の車が、強引に割り込んでいく。そうしておいて、狙撃地点が近づいたら、自らブレーキを踏んで、一行の車のスピードを落として、狙撃しやすくするのではないか。

だが、その車が見当たらないという。

十津川は、今いる地点の直前に、合流地点があったのを思い出した。

(あそこから、犯人の車が、割り込んでくるのではないか)

と、十津川は、考えた。

十津川は、直ちに雑居ビルから飛び出すと、ビルの裏手にとめておいた覆面《ふくめん》パトカーに乗り込み、エンジンをかけた。

合流地点への入口を、ナビゲーターで見つけ、そこに向かって走らせた。

入口は、見つかったが、既に三台の車が、合流するために、並んでいた。

十津川は、エンジンをふかして、いつでも、飛び出せる準備をした。

眼の前を、後藤首相の一行を先導する、パトカーが、通過した瞬間、十津川の眼の前にいたスポーツカーが、その先の二台を蹴散らす勢いで、首都高速に、飛び出した。

十津川も、そのスポーツカーの尻に嚙みつく感じで、飛び出した。

二台の車が、パトカーと、一行の車の間に、割り込んだのだ。

護衛の白バイは、追突され、弾き飛ばされたり、車にぶつかったりして、転倒している。

先頭のパトカー――スポーツカー――十津川の車――後藤首相と浅川防衛大臣の各々の車の順になってしまった。

犯人にしてみれば、余計な車が、間にはいっていると感じるだろう。

しばらくの間、五台の車は、数珠《じゅず》つなぎになって、走っていた。

十津川は、じっと白塗りのスポーツカーを睨《にら》んだ。

運転席には、一人乗っている。

もちろん、顔は見えない。が、十津川の頭の中に、野崎の顔が浮かんだ。

雑居ビルにいる西本から、緊急の連絡がきた。

「浅川防衛大臣の車に、オートバイに乗った黒ヘルメットの男が、猛スピードで接近しているのが、窓から見えています」

その返事を受け取った途端、スポーツカーが、急ブレーキをかけた。

反射的に、十津川も、ブレーキを踏んだ。

すぐ後にいた後藤首相の車も、急ブレーキをかける。

黒ヘルのオートバイが、浅川車の運転席の窓をスパナで叩き割った。その途端、浅川の車は、ハンドルを取られて、左右に大きく揺れ始めた。タイヤが軋《きし》む音がして、車は高速道路の壁面に、激突した。

次の瞬間、遅くなった一行の車に向けて、あの雑居ビルから、狙撃が起きる筈だったのではないか？

しかし、銃声は、起きなかった。

いら立ちを示すように、スポーツカーが、警笛を鳴らした。

だが、いぜんとして、狙撃は起きない。

次の瞬間、スポーツカーは、猛然と、ダッシュをかけた。

狂ったように、先行しているパトカーの横をすり抜けていく。

車体のこすれる音がした。

十津川は、思い切りアクセルを踏みつけた。

十津川の車も、跳ねるように、突進した。パトカーに車体をこすりつけ、追い越すと、スポーツカーを追う。

西本からの電話が鳴る。

「後藤首相は無事か？」

と、十津川が、聞いた。

「首相は安全ですが、浅川防衛大臣は車が大破して瀕死《ひんし》のようです。なお、浅川を襲った黒ヘルの男は、佐伯勇夫だったと、思われます。この男も、浅川車に、オートバイごと跳ね飛ばされて、道路に叩きつけられ、即死しています」

と、西本が、答えた。

「六階の住人を、どうしますか？」

と、西本が、聞いた。

「捜査本部に連れて行き、まる一日、留置するんだ」

「警部は、どうされますか？」

「今、犯人の白のスポーツカーを追跡中。ベンツのスポーツカーだ」

電話で指示しながら、十津川は、白のスポーツカーを追った。

羽田空港が、近づいた時、突然、スポーツカーが、首都高から、一般道路に向かっておりていった。

羽田空港に行く道路ではないので、油断していたのだ。

十津川は車を止めると、エア・ガンをつかんで、車の外に飛び出した。

下の一般道路に、スポーツカーがいた。

十津川は、スポーツカーの屋根に向かって、エア・ガンを発射した。

飛び出したプラスチック弾が、屋根にぶつかって破裂する。途端に、真っ赤な液体が、白い屋根を、真っ赤に染めていった。カラー弾である。

十津川は、このカラー弾が、気に入って、いつも身近に置いていたのである。

二発目を屋根に命中させたところで、スポーツカーは、走り去った。

十津川は、すぐ、警視庁のヘリコプターの飛行場に電話して、空から、赤いカラーを、屋根に塗られたベンツのスポーツカーを、探してくれるよう、要請した。

三十分後に、ヘリコプターが、川崎《かわさき》市内の小さな公園脇に停車しているスポーツカーを、見つけた。

連絡を受けた、亀井刑事たちが、駆けつけたが、車内には、誰もいなかった。近くの住民の証言では、スポーツカーを乗り捨てた男は、そばに停まっていた黒色の乗用車で、走り去ったという。

その報告を聞き、十津川は、暗殺グループが想像以上に巨大であることを、思い知らされた。彼らは、用意周到かつ、決死の覚悟で、動いている。自分たちも、心して、捜査に臨まなければならないと、十津川は、思った。

3

六階の会計事務所にいた三人の男女と、隣の貸事務所にいた五人の男は、捜査本部に、連行されていた。

戻った十津川は、亀井に聞いた。

「どんな具合だ？」

「最初は、貸事務所にいた五人が怪しく見えました。五人のうちの一番年長者は、山田哲夫《やまだてつお》と名乗りました。調べると、猟の免許を持っていて、英国製の二連銃も、かなり前から、持っていたということです。大型獣用のライフルもあり、全部で三丁の銃を持っています。地元警察の携帯許可証も、確認しました。腕前の方は、ライフル射撃の東日本大会で、準優勝しています。会計事務所の方も、一見、優しそうに見える三人ですが、調べてみると、公認会計士の小畑信次郎《おばたしんじろう》と、息子、それに受付の女は、木戸みゆきといい、元女子刑務所の看守長をしていたと、わかりました。息子の信之《のぶゆき》は、学生時代、平和運動で、たびたび、逮捕されています。殺された佐伯明日香とは、面識があるようです。そして、祖父は、戦争中、東條首相暗殺計画に参加しています。小畑たちがいた部屋からは、ボウガンと狩猟用のライフル銃が一丁、見つかっています」

「小畑信次郎自身は、どうなんだ？　公認会計士だとは、わかっているが」

「現在五十二歳。若い頃に三年間、鉄道警察にいたことがあります。現在、生業は、公認会計士ですが、戦史研究家で、『戦争に対して、個人は無力か？』という本を出して、ベストセラーになっています」

「読んだことがある。が、名前は違っていたような気がするが」

「ペンネームの河辺敬《かわべたかし》で、書いているからでしょう。どうしますか？」

「すでに、後藤首相を乗せた特別機は、出発しているのか？」

「現地での大統領による歓迎晩餐会や、会議などが、分刻みで決まっているため、訪問を延期できない。ということで、先ほど、出発しました。瀕死《ひんし》の重傷を負った、浅川防衛大臣は、中央病院に入院しましたが、先ほど、亡くなったということです」

「それなら、全員を釈放していい。小畑信次郎だけは、応接室に連れてきてくれ。話がしたい」

と、十津川は、言った。

五分後、十津川は、小畑に、コーヒーをすすめていた。

「あなたがいた雑居ビルの部屋から、ボウガンやライフルが見つかっていますが、なんのために、持っていたんですか？」

と、十津川が、聞く。

「ああ、あれは窓に、ハトやカラスが集まってきて、部屋の中まで、臭いや鳴き声がするので、追い払うために、用意しておいたものですよ」

と、小畑が、弁明した。

「わかりました。ところで、話は変わりますが、あなたが、河辺敬のペンネームで書いた本、読みましたよ」

十津川が、言うと、小畑は、笑わずに、

「あなたは、刑事だから、他の人とは違った読み方をするんでしょうね」

と、言った。

十津川は、苦笑して、話題を変えた。

「実は、戦時中の東條首相暗殺計画について調べているんです。あなたのお祖父さんが、関係していたようですね」

「そう言われています。しかし、私には、祖父の本当の気持ちは、わかりません」

「しかし、お祖父さんの行動は、立派だと思っていらっしゃるんでしょう?」

「やむにやまれずに、東條首相暗殺計画に参加していますから、許されることだと、思います」

「確かに、あの時、和平の最大の障害は、東條首相でしたからね」

「七十年以上前のことですよ」

と、小畑は、言う。なるべく、その話題から離れたい感じだった。

しかし、十津川は、逆に、こだわった。

「私は、あの時、東條首相暗殺計画がなかったら、終戦は、二年は遅れ、本土決戦に突入して、少なくとも、百万人の兵士と、五百万人の市民が、死んでいたと思っています。それだけではなくて、日本は、分割占領されていた筈です。北海道はソビエト(ロシア)が、占領し、九州は中国が、占領したと、思うからです。各国が、日本の分割占領を、要求したに、違いないからです。現に、連合国最高司令官のマッカーサーの下には、各国から、日本の分割占領の要求があって、その分割地図を、私は見たことがあります。色分けされたその地図を、今でも、鮮明に覚えているんです。北海道と東北が、ソビエトに、関東と中部がアメリカ、近畿地方がアメリカと中国。四国と中国地方が、イギリス。その上、東京は、四ヵ国の共同統治になる筈でした。それが、アメリカ一国の占領ですんだのは、アメリカ国務省が、アメリカは、四年間、日本と戦った。ソビエトは、わずか二ヵ月ではないか。そんなソビエトに、日本を占領する権利はないと、主張したからだと言われています。もし、東條内閣が続き、本土決戦にソビエトが、参加していたら、間違いなく、日本は分割占領されていた筈です。ですから、東條首相暗殺計画は、正しかったんですよ」

「そう言われても、祖父の話で、今の私には、関心も関係も、ありません」

と、小畑は、言う。

十津川は、構わずに、続けた。

「問題は、戦時ではなく、平和な時代でも、同じことが許されるのかどうかということです。戦争末期、和平のためには、東條首相暗殺が、必要だった。それと同じことが、平和な今でも、通用するかどうかでしょう？　私が見たところ、あなたは、現在、同じ問題にぶつかっているような気がする。今は、戦時でも、平和時でも同じ危険が存在する。戦時中、権力が東條首相に集中しすぎていた。国を滅ぼすほどの権力の集中だったから、首相暗殺の名分がたった。今は、どうでしょう？　最高の権力者は、今でも、首相です。さまざまな法律があって、その行動は、制約されている。最大の拘束力は、憲法だが、しかし、後藤首相は、その憲法を改正することを明言し、守ろうとしなくなってきている。また、強力な与党の総裁で、彼を支持するものも多く、有力な後継者もない。状況は、戦争中の東條首相に似てきたのです。そこで、同じ問題にぶつかるのです。現首相を暗殺することが、許されるかという、命題です。どう思われますか？」

「私を引っかけようとしても、無駄ですよ。私は、家庭第一の、平和を喜ぶ会計士です。首相暗殺計画などとは、何の関係もありません」

「ただ、私は、今の疑問に対する、あなたの考えを聞きたいだけです」

「イエスといったら、逮捕ですか？」

「そんな真似は、しませんよ」

「それなら、解放して下さいよ」

「最後に一つ、お聞きしたいことがあります。私の警視庁の同期で、野崎英明という男がいます。あなたと同じように、野崎の祖父も、東條暗殺計画に参加していました。野崎は、今、どうしていますか？　あのスポーツカーを運転していたのは、野崎ですか？」

「さあ、そんな名前の方は、まったく知りませんね。刑事さんは、勝手に話を作って、おられますね。仕事が山積しているので、もう、帰らせてもらいますよ」

「いいでしょう。お帰りになって、結構です」

と、十津川は、言い、部屋を出ていく小畑を見送ってから、西本と日下の二人に連絡した。

「小畑信次郎を尾行しろ」

「危険な存在ですか？」

「彼も、野崎たちと、行動を共にしている可能性が高い。野崎と同じく、使命感に燃えている性格だとわかった」

と、十津川は、言った。

後藤首相が襲われたことは、一切、公表されなかった。しかし、浅川大臣が交通事故で亡くなったことは、報道された。

十津川たちにも、警視総監直々《じきじき》に、事件について、口外しないように、指示が下った。

野崎たちは、後藤首相を暗殺することは、できなかったが、後藤の右腕とも言うべき、浅川清の暗殺には成功したと、十津川は、考えていた。

4

四日後、後藤首相は、初の外遊を終え、帰国した。大型商談を決めてきたため、マスコミは好意的に報道した。

後藤首相は、たちまち人気者になっていった。

大胆に、断定的に話すからだった。それに、愛国の香りを与えれば、多くの国民は、心地よく聞くものだ。

国民は、初めて言行一致の首相が出てきたと、歓迎した。

国会休会中を利用して、後藤首相は、街頭演説に、飛び出した。

「外遊中に、私が考えた日本の未来」

「私が、いかにして、強い愛国者になったか?」

この二本立ての演説である。

演説中に、首相の裁断が、必要な事案が生まれると、わざと報告させ、集まっている聴衆の前で、電話で指示を与えてみせた。

「何を基準にして、決めているんですか?」

と、聴衆が、聞く。

「動員された聴衆のようでした」

と、刑事が、十津川に報告した。

とにかく、その質問があって、後藤首相が、大声で答え、それを三千人の聴衆が、聞いて、拍手したのである。

「基準は、もちろん、愛国の至情《しじょう》です。それ以外は、何がありますか？　私は日本国の首相ですよ」

後藤首相は、確実に、人心をつかんでいた。

「芝居じみて見えましたが、断定的な喋り方が、『強い首相』のイメージを手に入れていったんです」

と、これも、刑事の報告だった。

交通事故で亡くなった、浅川防衛大臣の後釜は、自分の派閥から、忠実な側近である若手議員を抜擢《ばってき》した。

体制を固め、自信を手にした後藤首相は、国会開催までの半月間、「更に国民との距離を近くするため」として、後藤内閣の日本遊説を計画した。

後藤首相
国務大臣（防衛、通産、厚生、と交代）
警備　ＳＰ三名（後藤首相自身が、人数を制限）
使用交通手段　新幹線　自動車（オープンカー）

この計画を見た時、十津川は、戦時中の「東條首相暗殺計画」を思い出した。

長距離移動の場合は、新幹線を利用するが、近距離の場合は、全員が、オープンカーを使用することにしたとあったからである。

戦時中の東條首相暗殺計画を知っていれば、遊説にオープンカーは、使用しないだろう。

誰が、オープンカーをすすめたのかを、十津川は、調べてみた。

その結果、一人の名前が浮かび上がってきた。

島野喬太郎《しまのきょうたろう》（六十八歳）

大学教授で、島野シンクタンクのリーダーでもある。

「新保守主義」を唱えているが、島野の場合は、いちいち「強い」とか「強力」という冠語をつけている。

もう一つ、島野は、自分がヒットラーの崇拝者であることを、隠そうとはしなかった。

そうした島野の言動を見ていると、後藤首相に、オープンカーをすすめた理由もわかってくる。

民情視察に、オープンカーを最初に使ったのは、ヒットラーで、それをまねたのが、東條首相である。確かに、オープンカーで廻れば、市民との間に、親しみがわく。

しかし、危険でもある。

後藤首相が、ここにきて、オープンカーによる民情視察にふみ切った時、こんな声明を発表した。

「国民の皆さんの励ましのおかげで、この度、総理大臣に就任早々、外遊を成功させることが、できました。この際、国会開会までの一ヵ月間、日本全国を車で廻り、皆さんのご意見をお伺いすることと致しました」

新聞には、この全国遊説に使用するオープンカーの写真も出ていた。

「これは、必ず、狙われるね」

と、十津川は、刑事たちに、言った。

「私には、わざと危険を冒《おか》そうとしているように見えます」

と、言う亀井の言葉に、十津川は肯いて、

「後藤首相は、大胆な政策転換をして、それが国民に納得して貰ったと思っている。そこで今度は、危険を冒して、国民の間に飛び込み、国民の支持を、完全なものにしたいんだよ」

「そういえば、今回の全国遊説で、国民の一人一人に向かって、憲法改正を語りかけるつもりだという噂もあります」

「だから、オープンカーを使うのかも知れない。後藤首相が、よく口にする言葉に、大事なことほど、ガラス越しではなく、むき出しで相手に話しかける必要があるというのがある。それを具体化したのが、オープンカーなんだろう」

「後藤首相は、気持ちの上で、オープンカーを使うことで、国民の一人一人に、直接、話しかけることになると、考えているんでしょうね」

「それで、憲法改正か」

「いよいよ、危険ですよ」

「一月間、後藤首相の遊説の間、われわれは、完全な安全を約束しなければならない。憲法改正に、絶対反対と内心で思っている刑事でもだ」

と、十津川は、険《けわ》しい口調で言った。

先日の高速道路での、後藤首相の暗殺を阻止したことで、今回の警備も、十津川グループに依頼されるのは、間違いなかった。

十津川グループは、一ヵ月間、後藤首相たちに同行して、日本全国を廻ることになった。

一行は、まず列車で鹿児島《かごしま》に移動し、前もって、送っておいたオープンカーを連《つら》ねて、北海道の札幌《さっぽろ》に向かって、出発することが決まった。

四国にも立ち寄るから、狙われる場所は、無数にあるといっていい。

後藤首相の秘書二人が、今回の遊説は危険があるので、中止した方がいいと、忠告したらしい。

しかし、後藤は、笑って、

「人間には、生涯二度、賭ける時がある。一度は、二十歳の時、二度目は自分の人生は、後、数年と決めた時だ。今こそ、二度目の決断の時に当たる」

この時の後藤の顔は、自信満々だったという。

こんな勇ましい報道がされると、十津川から見れば、ますます、暗殺の危険が、近づいたような気分になってしまうのである。

それは、ともかく、後藤首相の全国遊説の旅が、始まった。

オープンカー三台、その前後に、覆面パトカーがつく。

鹿児島中央駅前の広場で、第一声だった。

マスコミが、取り上げたので、一万人近い人々が、集まった。

後藤首相は、オープンカーのリア・シートに立ち上がって、「強い日本」について、演説をした。

十津川から見て、自信満々に見える話し方だった。

それが終わると、車をゆっくり走らせ、手を伸ばして、握手していく。

どうやら、オープンカーを使っての遊説は、成功のようだ。少なくとも、ガラス越しではなく、むき出しの首相が、話しかけてくるのだ。

それを、少し離れた車の中で、見守りながら、

「大丈夫ですか？」

と、亀井が、心配するのに対して、十津川が、言う。

「今すぐには、襲撃はして来ないだろう。遊説自体が失敗し、国民の信頼が無くなれば、別の議員が後藤を追い落として、自分が総理大臣になろうとする。そうなったら、後藤を暗殺する必要はないからね。だから、彼等は、しばらく様子を見る筈

だ」

と、言った。

十津川が、言うように、一日目、二日目と、成功したが、三日目は、朝から、雨になった。後藤は、雨でも、オープンカーでと主張したが、ずぶ濡れになっては、かえって、みじめたらしく見えてしまうということで、急遽、地元の公民館を、借り切って、そこでの講演会になった。

九州一周を、一週間で終え、一行は、関門海峡《かんもんかいきょう》を越えて、山口《やまぐち》に入った。

「注意信号だ」

と、十津川が、言った。

「そういえば、後藤首相の地元は、山口でしたね」

「そうだ。長州だ。後藤首相の口ぐせが、明治維新は、長州、薩摩、土佐の三藩が成しとげたもので、後藤首相が、一番好きなのは、長州藩の高杉晋作《たかすぎしんさく》だと言われている」

「後藤首相は、今の日本には、平成維新が必要だと言っていますね」

「長州の萩《はぎ》にある高杉晋作の墓や、松下村塾を見に行くとも言っている」

「その時を、狙われますか？」

「スケジュール表を見ると、津和野《つわの》から、西に向かって、萩に行くとあるから、その道路が危険と見て、いいだろう」

「明日は、日曜日ですよ」

「その上、天気予報は、晴だ。後藤首相にしてみれば、オープンカーの威力が、最高に発揮できると考えるだろうね」

「しかし、同時に危険でもありますね。犯人たちが、観光客にまぎれて、後藤首相に、近づこうとすることも、考えられる」

「空も要注意だ。マスコミは、ヘリを飛ばして、空から、後藤首相を撮《と》ろうとするだろう。オープンカーだから、狙いやすい」

「明日は、ヘリを禁止させますか？」

「それは、後藤首相が、承知しないだろう。ヘリからでも、自分が写るように、オープンカーにしたんだからね」

「しかし、犯人がヘリを使って、空から、後藤首相を狙ったら、防ぐのは難しいんじゃありませんか？　何しろ、オープンカーですから」

「その対策を、これから、考えようじゃないか」

5

翌日曜日。快晴。

十津川は、部下の刑事たちに、後藤首相の一行についていくように、指示しておいて、自分は、亀井を連れて、早朝、ひそかに、別の場所に、車を飛ばした。

十津川が向かったのは、山口県内の陸上自衛隊の基地《ベース》だった。

基地司令官に会って、用件を伝えた。

「昨日、後藤首相の一行が、津和野に一泊し、本日午前十時に、オープンカーで出発し、萩に向かいます」

「後藤首相のことは、知っていますが」

「私たちの予想では、マスコミのヘリが、何機か飛んで、上空から、カメラで、後藤首相一行を、狙う筈です」

「それはわかりますが、われわれ陸上自衛隊と、どういう関係があるんですか？」

「マスコミのヘリの一機に、後藤首相の殺害を計画している犯人たちが乗っている可能性が高く、上空から、後藤首相を狙う危険があります。狙撃するか、爆弾を投下するか、いずれにしろ、オープンカーでは、防ぎようがありません」

十津川の言葉に、司令官は、半信半疑の顔で、

「信じられませんが」

「この情報は、百パーセント確実です。それを防がなければ、なりません。それで、協力をお願いしたいのです」

「何をすれば、いいんですか？」

「ヘリを一機と、スナイパー一人、それに、狙撃銃一丁です。それから、迷彩色のヘリでは、犯人に気付かれ警戒されますので、迷彩色でないヘリを、用意して頂きたい」

と、十津川が、言った。

「わかりましたが、私の一存で、ヘリを提供する権限はありません。防衛大臣の命令があれば別ですが」

「私は、今回は、後藤首相の遊説旅行の、警護を命じられています。そのために、全権限を与えられているのです。あなたが協力を拒否して、後藤首相に、もしものことがあったら、あなたは司令官を罷免《ひめん》されることを覚悟してください」

「もし、あなたの話が間違っていた時の責任は、取って頂けるのでしょうね？」

「もちろん、そのことは承知しています」

十津川は、ポケットから、辞表を取り出して、司令官の前に置いた。

「もし、私の推理が間違っていたら、これを、東京の警視庁捜査一課に送って下さい」

と、十津川が、言った。

「わかりました」

と、司令官が肯き、すぐ、一機のヘリを用意した。

十津川と亀井が、乗り込んだ。

続いて、操縦士とスナイパーが乗って、エンジンをかける。

緊張を乗せて、ヘリは、飛び上がる。

まっすぐ、津和野に向かう。

近づくと、ヘリのエンジンの音に負けないほどの喧騒が、聞こえてきた。

津和野から萩へ向かう街道沿いに、観光客の行列ができ、その中を、後藤首相一行のオープンカーが、ゆっくりと進んで行く。

万歳を叫ぶ人たちもいれば、首相のオープンカーに駈けよって、握手を求める人もいる。

十津川は、空中を見廻した。

ヘリが、三機飛んでいた。いずれも、テレビ局や新聞のマークが、入っている。

「どれが、犯人のヘリですか？」

と、狙撃銃を構えたスナイパーが聞く。

十津川は、現在、飛んでいるヘリを、一機ずつ、見ていった。

「あれだ！」

と、十津川は、指さした。

「津和野プレスと書かれたヘリです」

「しかし、津和野プレスという新聞社は、実在しますよ」

と、スナイパーが、言う。

「だが、あれです」

と、十津川は、断定し、双眼鏡を眼に当てた。

「乗員三名。一人が、銃を持っている」

と、十津川は、双眼鏡を、スナイパーに渡した。

スナイパーが、声を上げた。

「銃は、イギリス製の二連銃です。スコープがついている。すぐ、撃ち落しますか？」

「いや、向こうが、オープンカーの後藤首相を狙うまで、待って下さい」

こちらのヘリが、向こうのヘリの背後に回った。

また、下では、歓声が上がった。

それに引き込まれるように、向こうのヘリが、一行に向かって、高度を下げていった。

「撃って下さい。できれば、人間以外を狙って」

と、十津川が、言った。

スナイパーが、銃を構える。

引金を引く。

向こうのヘリの安定用のプロペラに、一発二発と命中し、とたんに機体が、大きく揺れて、ゆっくりと、落下していった。

十津川は、すぐ、下で動いている刑事たちに、携帯で知らせた。

「ヘリ一機を撃ち落した。犯人は、三人。落下地点は、近くの河原。すぐ逮捕しろ！」

下の行列は、何事もなかったように、ゆっくりと進んでいく。

「後藤首相の一行も、人々の歓声も、変わりませんよ」

と、亀井が、言う。

「あの歓声で、こちらの銃声が、聞こえなかったんだろう。だから、気付いても、故障で墜落したとしか、思わないだろう」

「基地に帰ります」

と、操縦士が、言った。

その時、西本から、連絡が、十津川の携帯に入った。

「報告します。墜落したヘリを確保した時点で、三名死亡、一名は、猟銃を使って自死しました。遺体を確認した結果、死亡したのは、小畑信次郎と、ヘリのパイロットで、自殺したのは、息子の信之です。野崎さんの姿は、見当たりませんでした」

「了解」

「ヘリは、撃ち落されたと、発表しますか？」

「気付かれなければ、ただの故障、墜落でいい」

と、十津川は、言った。

基地に戻っても、十津川は、同じことを、司令官に伝えた。

もう一つ、司令官から、十津川が書いた辞表を返されたので、亀井が、

「これは、もう必要ないでしょう。私が、焼却しておきますか？」

「いや、他にも、必要だから」

と、言って、十津川は、辞表をポケットに、しまった。

6

後藤首相の一行は、無事、萩市に到着した。

約束に従って、一行は、高杉晋作の墓に参拝した後、松下村塾の前で、集まった人々に、後藤首相が、講演した。

この様子は、テレビで放映された。

しかし、墜落したヘリについては、エンジンの故障としか、報道されなかった。

死亡した三人の名前は、ニュースになったが、猟銃のことは、ニュースにならなかった。

この日の夜、萩市の旅館で、十津川たちだけで、報告会兼反省会を開いた。

「これで、連中は、先の高速道路での後藤首相暗殺と、今回と、続けて、失敗して

いる。その上、今回は、三人、死んでいる。これで連中は、しばらく、首相暗殺は、中止するだろう。私たちも、休むことができる」

と、十津川が、言った。

「一つだけ、わからないことがあるんですが、答えて貰えますか?」

西本が、言う。

「暗殺は失敗したから、遠慮なく、質問していい」

「前回の首都高速の後藤首相襲撃の時も、今回もそうですが、警部の指示が、あまりにも、適確で、その上、予言的でした。なぜですか?」

と、まず、亀井が、聞いた。

「君は、どう思うのかね?」

「連中の中に、警部に通じる人間が、いるんじゃないかと、思っているんですが」

「例えば、誰だ?」

「例えば、野崎英明さんです」

「どうして?」

「彼は、警部に、祖父の手記を送ってきたんでしょう。それには、戦時中の東條首相暗殺計画が、書かれていた。野崎さんは、連中の中にいながら、迷い、悩み、警部に連絡して来たんじゃありませんか？」

「それで、野崎英明を、どうする気だ？」

「何とか、連絡をとって、いろいろと、話を聞きたいと思っていますが」

「それは、無理だ」

「どうしてですか？」

「恐らく、彼は、自殺していると、思うからだよ」

と、十津川は、言った。

「それは、味方を裏切ったことの、良心の呵責《かしゃく》ですか？」

と、若い西本が、言う。あまりにも、あっさりした言い方に、十津川は、思わず、
腹が立って、

「そんなことぐらいで、人間が、自殺するか！」

と、怒鳴った。

突然の十津川の怒りに驚いて、刑事たちは黙ってしまった。

そんな部下の刑事たちを、十津川は、追い出した。

ひとりになりたかったのだ。

電気を消した。

野崎と、十津川は、敵味方に分かれたが、同じ悩みを持っていた。

戦時中の「東條首相暗殺計画」は、納得できる理由があった。

東條を殺さなければ、日本は、破滅に落ちていくという危機感があった。東條を殺す以外に、日本を破滅から救う方法は、なかった。だから、多くの人間が、賛成した。

しかし、今回の暗殺計画は、大きな違いがある。それは、今が、平和だという事実である。

日本が、破滅に近づいているわけでもない。

それでも、後藤首相の政策を実行されたら、日本の破滅とは言わなくても、危ない瀬戸際に追い込まれてしまうだろう。

それを防ぐためには、権力者の後藤首相と、後継者の浅川防衛大臣を、暗殺しなければならない。

それは、十津川もわからないわけでも、なかった。

この殺人は、戦時中の東條首相暗殺計画と同じく、許されるのではないか。これは、権利であり、義務ではないのか？

しかし、二つの殺人を突きつめていくと、その違いに気付く。

「平和」である。

「戦時」なら、許される。

「平和」な時は、許されないのか。

戦時なら、時の首相を暗殺することで、現状が、今以上悪くなることはなかった。

しかし、平和な今、リーダーを殺して、国や社会がよくなるという保証があるのか。下手をすれば、平和が、こわれてしまうのではないか。

それに、十津川は刑事である。現在の社会を守るのが、仕事である。

殺人は、仕事ではなく、殺人犯を捕えるのが仕事である。十津川は、結局、本来の仕事に専念することに決めた。

それは、当然、政治や社会を変えようとするグループの敵になることである。

具体的にいえば、「野崎英明」である。

後藤首相の暗殺は、失敗した。

しかし、産軍複合体を狙っていた浅川大臣の暗殺には成功した。ある意味、浅川は、後藤首相よりも怖い存在だったとも言える。浅川がいなくなれば、後藤の次は、穏健派が総理になることも、可能になった。

その意味で、野崎たちは、目的の半分は達成したと言えるだろう。

これで、しばらくは、後藤首相暗殺計画を立てる者は、いないだろうが、十津川は、何もせずに、様子を窺《うかが》った。

少しずつ、反応が、現れた。

後藤首相一行は、オープンカーによる日本一周を続けている。

後藤首相は、「いかなる暴力にも、屈せず、国民に訴えていくつもりだ」と、オープンカーの上から、叫んだ。

N新聞の緊急世論調査によれば、後藤内閣の支持率は、七パーセント、アップした。

茅ヶ崎海岸にあった別荘風の建物が、焼失した。

持ち主不明。焼け跡から、二人の男と、一人の女の焼死体が、発見された。死体は、いずれも身元不明で、男女の差もわからぬほど、黒焦げだった。

一週間後、DNA鑑定の結果、小松崎という代議士の秘書と、倉本広次という評論家、そして女は、木戸みゆきと判明した。

7

八甲田山《はっこうださん》にある温泉旅館Kで、二日前から泊まっていた中年の男が、青酸カリ自殺した。偽名だったが、宛先のわからない短い遺書を残していた。

〈必ずこの責任を取れ。信じている〉

とだけ書かれていた。

これでは、意味不明だが、十津川は、野崎英明から、自分宛に書かれたものと理解した。

十津川は、突然、三上刑事部長に呼ばれた。

すでに、後藤首相が狙われた殺人未遂事件は、解決したことになっていた。

この暗殺計画には、多くの人が、かかわっていることを、十津川は知っていたが、これ以上、追及するつもりはなかった。

犯人は、茅ヶ崎海岸の家で、焼死した三人である。動機については、次のように、発表された。

〈いかなる時代でも、時の政治に不満を持つ者はいる。今回も、不満を持つ三人の男女が、首相暗殺を計画したが、失敗して自殺したと考えられる。三人の背後関係は不明である〉

十津川が、刑事部長室に出頭すると、三上は、笑顔で迎えた。

「内閣から君に伝言が来ている。後藤首相の暗殺計画を未然に防いだことに対して、総理大臣名で、表彰状を送りたいと言っているんだが、どうするかね？」

と、聞く。

「できれば、遠慮させて下さい」

と、十津川が、言った。

怒るかと思ったが、三上は、ニッコリして、

「そういうと、思ったよ」

と、言い、続けて、

「君に一つ質問がある。二回にわたって、事件を、君の推理と指示で、防ぐことができた。素晴らしいと思っているが、君には、特別な情報ルートがあるんじゃないかと思ってね。例えば、犯人グループに君のスパイがいるんじゃないかと、思っているんだよ。本当は、どうなのか、このさい、聞いておこうと思ってね」

と、聞く。

「とんでもない。今回は、たまたま、私の推理が当たっただけです」

十津川が、強い調子で答えると、三上は、ほっとした顔になって、

「そうだろうと思ったよ」

と、肯いていた。

十津川は、部屋に戻ると、ポケットから、新聞を取り出して、広げた。

八甲田山の温泉旅館Kで、青酸カリ自殺をとげた身元不明の男のことがのっている新聞である。

十津川は、もちろん、身元不明の男が、野崎英明だとわかっている。

錦糸町のビジネス・ホテルで話し合った時には、これで二度と、野崎とは会うことはないだろうと、思って別れたのだが、十日後に、野崎から「もう一度、話し合いたい」という連絡が届いた。

今回の首相暗殺計画が、実行される前、十津川は、野崎英明と、二人だけで、激論を交わした。

野崎は、今すぐ、後藤首相と、浅川防衛大臣を暗殺しなければ、将来の日本は破滅する。したがって、この暗殺は、許される筈だと主張した。

それに対して、十津川は、今は平和で、戦時中ではない。東條首相の時は、東條首相が首相でいる限り、平和は訪れない。だから、あの時の暗殺計画は、唯一の正義だった。しかし、今は違う。平和で、さまざまな選択がある。そんな時に、首相の暗殺は、間違っていると、十津川は、主張した。

二人とも、譲らなかった。

そして、最後に、野崎が、

「今回は、君に賭ける」

と、言ったのである。

「ありがとう」

「礼はいらない。君に譲歩するんじゃなくて、君に賭けるんだ」

「わかっている」

「僕は、君だけわかる遺書を残す。あっさり、わかったといわずに、誓って貫いたいんだ」

「それなら、必ず、君の遺書に誓うよ」

と、十津川は、言った。

この話し合いのあとで、野崎は、まるで、十津川のスパイになったように、首相暗殺計画の情報を、次々に、教えてくれたのである。

十津川は、途中から、野崎が自殺するに違いないと、考えるようになった。味方を裏切ったのだ。

予想どおり、野崎は、自殺した。

〈必ずこの責任を取れ。信じている〉

それが、野崎の遺書だが、その意味がわかるのは、十津川だけだろう。

野崎の自殺は、敗北を意味しない。「暗殺の責任」が、野崎から、十津川に、バトンタッチされたのだ。

これから、十津川は、そのバトンタッチされた責任を背負って、生きていかなければならない。

後藤首相を、暗殺しなかったために、独裁が生まれ、権力が集中して、日本と、日本国民が、危険な状況になった時は、死んだ野崎に代わって、首相暗殺を実行すると誓ったのである。

野崎の自殺によって、この誓いは、十津川の心の中で、より強固なものになったのだ。

その時は、もちろん、警視庁には、辞表を出すことになるが、そのための辞表は、すでに、書いてある。

解説

山前　譲
（推理小説研究家）

西村京太郎作品の愛読者なら、そこかしこに垣間見えるリリシズムに気付いていることだろう。とくに初期短編では顕著だが、この『二つの首相暗殺計画』の冒頭の一行もじつに印象的だ。

「死体は、雨に濡れていた」――シンプルな表現に、哀愁に満ちた情景が込められている。ただ、この物語はミステリーなのだ。抒情に浸っているわけにはいかない。「死体の周囲には、血溜まりができていたのだが、それも、雨によって少しずつ流されていく」――それはまさに惨劇だった。

その死の謎を捜査するのは十津川とその部下だ。死体の身元はすぐに判明する。現場は都心、青山二丁目のマンションの裏手だが、そのマンションの十階に住んでいた佐伯明日香、三十歳だった。自室のベランダから落ちたらしい。

自殺か事故か、それとも他殺？　寝室に便箋に書かれた遺書らしきものがあった。彼女は看護師で、二日前に勤めていた病院を辞めたという。どうやらある男性に裏切られたようだ。大西博之というサラリーマンが恋人だったという情報があり、その大西のマンションに片山刑事と田中刑事が急行した。するとそこには、青酸カリを飲んだ死体が！

三上本部長は心中事件ではないかと言う。だが十津川は、いくつかの不自然さを指摘し、殺人事件ではないかと疑うのだが……。

この『二つの首相暗殺計画』は実業之日本社創業120周年を記念して二〇一七年一月にジョイ・ノベルスの一冊として書き下ろし刊行された。若い男女の死体から幕を開けたミステリーは、思いもよらない展開をとっていく。

二〇一五年は太平洋戦争の終結から七十年であった。実業之日本社文庫既刊の『十津川警部　八月十四日夜の殺人』（二〇一五）や『十津川警部　北陸新幹線殺人事件』（二〇一六）のように、西村氏はその頃から精力的に戦争を背景にした長編を発表している。時代の流れが戦争に向かっているようで、実際に戦争の時代を生きた人間がどう考えていたかを書いておこうと思ったとのことだが、保阪正康氏との対談では、ちかごろ雑誌で戦争関連の記事の多いことに触れた後に、こう語っていた（山川出版社『対談　戦争とこの国の150年』二〇一九）。

国民が戦場に行くわけじゃないけど、次第にその気になってくるというか、国民全般に何となく「戦争やむなし」という気分が醸成されつつあるんじゃないかと思うんです。

昭和一六年に日米が開戦する前だって、やっぱり似たような雰囲気だったんです。「日米いざ闘わば」みたいな架空戦記ものがすごく流行っていまして、『少年倶楽部』の「新戦艦高千穂」（平田晋策）とか、『幼年倶楽部』の「見えない飛行機」（山中峯太郎）なんか読んで、子どもはみんなアメリカなんか新兵器でやっつけちゃえーなんて。僕らも当時、戦争がどんなものか知らないもんだから、恐ろしさも何もないんですよ。

今の日本も、もう戦争を知っている世代はほとんどいませんから、それなら自分なりに作家として少しでも伝えたいと思いまして。

一九四五年四月、西村氏は十四歳で陸軍幼年学校に入学、戦場には行かなかったけれども戦争と直面することになる。すでに敗色濃厚で、本土決戦が近づいて死を覚悟するのだった。当時の心境や戦争観は『十五歳の戦争　陸軍幼年学校「最後の生徒」』（二〇一七）に語られている。

西村氏からは八歳近く年下だが、大林宣彦監督もまた戦争の気配を敏感に感じたようで、『この空の花―長岡花火物語―』（二〇一二）、『野のなななのか』（二〇一四）、『花筐／HANAGATAMI』（二〇一七）の戦争三部作、そして遺作となった『海辺の映画館―キネマの玉手箱』（二〇二〇）でその気配を映画の背景にしていた。日本に広がりつつある不穏な空気を感じ取っている人は多くいるに違いない。

西村氏はその流れをミステリーとして結実させている。

最初に死体となって発見された佐伯明日香が勤めていた渋谷の中央病院に、海路徳之総理大臣が入院していた。副総理である後藤典久とその病院とが深い関係にあることを知ると、十津川は大学の同窓で毎朝新聞の田島記者から、政界情報を教えてもらう。そこには複雑な権力の構図があった。

そこでふと話題になったのは、半年前に突然辞表を出した十津川の同期の野崎刑事である。祖父がかつて特高警官で、一九四四年の東條英機暗殺計画に加わったらしい。そして、いざとなれば世直しのために命を捧げても悔いはないと、野崎は言っていたのである。

一方、佐伯明日香の父の勇夫が営んでいる旅館のある鶴岡市へ向かった十津川と亀井は、勇夫の祖父の勇三もまた、東條英機暗殺計画に加わっていたことを知る。

野崎らは何かを計画しているのではないか。七十年の時を隔てた数奇なミステリーの歯車が回り始めるのだった。

一九四一年十二月八日の日米開戦時に首相だった東條英機は、一九四四年二月には陸軍大臣と軍需相、そして参謀総長も兼任し、自身に権力を集中させていた。すでに南方戦線では撤退が続いているのにもかかわらず、戦争遂行の意志は揺るぎない。和平工作を進めたいグループはもちろんのこと、東條内閣打倒工作の気運が高まるのだった。

東條首相は憲兵隊によってそうした反東條の動きを強引に封じ込めていくが、そこで持ち上がってきたのが東條暗殺計画である。それも幾つもの人脈から——。具体的な計画が今明らかになっているのは、陸軍の津野田知重少佐を中心としたものと、海軍の高木惣吉少将らのグループの計画だ。いずれもオープンカーを利用している時に東條首相を襲撃するというものだった。

ところが決行の直前、サイパン島が米軍に占領されてさしもの東條内閣の命運も尽きる。後の戦況で明らかなように、サイパン島から飛び立ったB29が日本各地を空襲した。そこは要の島だったのだ。七月十八日に内閣は総辞職する。もし、あと一週間でもそれが遅れたら……一九三二年の「血盟団事件」や「五・一五事件」、あるいは一九三六年の「二・二六事件」など、昭和初期はテロやクーデターといった血なまぐさい事件に彩られているが、とりわけ大きな事件として歴史に刻まれたかもしれない。

十津川らは歴史書を繙いて過去を振り返っていくが、ここではフィクションならではの、じつに大胆な東條英機暗殺計画が展開されている。

西村氏は一九六六年、『D機関情報』で太平洋戦争の和平工作をテーマにしていた。スイスを舞台に、敗戦必至の状況での海軍中佐の苦悩が描かれている。それから約五十年経って、『暗号名は「金沢」　十津川警部「幻の歴史」に挑む』（二〇一五）でもその和平工作はひとつのエピソードとして語られていた。また、『「ななつ星」極秘作戦』（二〇一五）や『阪急電鉄殺人事件』（二〇一九）でも和平工作がテーマとなっている。ただ、歴史の事実をなぞっているわけではない。やはりフィクションならではの発想の意外性に満ちている。

一方、現代の事件もまた思いもよらない展開を見せていく。実際にあったジョン・F・ケネディ大統領暗殺事件、あるいはミステリーの傑作であるフレデリック・フォーサイス『ジャッカルの日』を彷彿とさせるスリリングな終盤だ。そして、『えちごトキめき鉄道殺人事件』（二〇一九）などでも顕著だが、今の政治の方向性に抱く疑念を十津川は隠そうとはしない。

ラストの十津川の決断はどう読者の胸に迫ってくるだろうか。十津川がかかわった太平洋戦争絡みの事件のなかでも、この『二つの首相暗殺計画』はとりわけ異彩を放っていると言えるだろう。

二〇一七年一月　ジョイ・ノベルス刊

本作品はフィクションであり、実在の個人および団体とは一切関係ありません。（編集部）

実業之日本社文庫　最新刊

実業之日本社文庫　最新刊

西川 司
異邦の仔 バイトで行ったイラクで地獄を見た
何者かに爆弾を仕掛けられ命を狙われた男の脳裏には、数十年前の中東イラクでの出来事が――テロリストの正体は⁉ 実体験を基に描いた迫真のサスペンス！
に81

西村京太郎
二つ《ダブル》の首相暗殺計画
総理大臣が入院している大病院の看護師殺人事件の裏に潜む、恐るべき陰謀とは⁉ 十津川警部が秘められた歴史と事件の扉をこじ開ける！（解説・山前 譲）
に123

三浦しをん
ぐるぐる♡博物館
人類史から秘宝館まで、博物館が大好きな著者がときに妄想を膨らませつつお宝や珍品に迫る。愛と好奇心が渦を巻く興奮のルポエッセイ！（解説・梯 久美子）
み101

宮下奈都
緑の庭で寝ころんで 完全版
愛する家族とのかけがえのない日々を、母として、作家として見つめ、あたたかい筆致で紡ぎ出す。単行本未収録のエッセイ二年分を追加収録した贅沢な一冊！
み24

モノカキ・アエル
くちぶえカルテット
―これが、私の「音」。声がコンプレックスな少女が、口笛を通して仲間と共に成長する爽やかな青春小説。Vtuber小説家、モノカキ・アエルデビュー作。
も91

星新一、森茉莉ほか
猫は神さまの贈り物〈小説編〉
わがままで、ままならない、猫といういきもの。作家は、そこに物語を見出してきた。思わず頬ずりしたくなる、個性と愛に溢れた猫小説集。（解説・井上荒野）
ん91

実業之日本社文庫　好評既刊

西村京太郎
十津川警部　鳴門の愛と死
十津川警部宛てに、ある作家から送られてきた一冊の本。それは一年前の女優強盗刺殺犯を告発する書だった。傑作トラベルミステリー。（解説・郷原 宏）
に1 1

西村京太郎
伊豆急「リゾート21」の証人
十津川警部は、一枚の絵に描かれた容疑者の完璧なアリバイを法廷で崩すことができるのか!?　緊迫の傑作長編トラベルミステリー！（解説・小梛治宣）
に1 2

西村京太郎
母の国から来た殺人者
事件のカギは母恋駅——十津川警部は室蘭に飛ぶが、犯人と同名の女性は既に死んでいた……。愛と殺意の連鎖を描く長編ミステリー。（解説・香山二三郎）
に1 3

西村京太郎
十津川警部　あの日、東海道で
東海道五十三次の吉原宿を描いた広重の版画が語る謎とは？「青春18きっぷ」での旅の途上で日下刑事が遭遇した事件との関連は？（解説・原口隆行）
に1 4

西村京太郎
十津川警部捜査行　殺意を運ぶリゾート特急
十津川警部の推理が光る、蔵王、富士五湖、軽井沢、伊豆、沖縄を舞台にした傑作短編選。これぞトラベルミステリーの王道、初文庫化。（解説・山前 譲）
に1 5

実業之日本社文庫　好評既刊

西村京太郎
十津川警部 赤と白のメロディ
闇献金疑惑で首相逮捕か!?「君は飯島町を知っているか」というパソコンに現れた謎のメッセージを追って、十津川警部が伊那路を走る！（解説・郷原 宏）
に1 6

西村京太郎
帰らざる街、小樽よ
小樽の新聞社の東京支社長、そして下町の飲み屋の女が殺された二つの事件の背後に男の影が――十津川警部は手がかりを求め小樽へ！（解説・細谷正充）
に1 7

西村京太郎
十津川警部 西武新宿線の死角
高田馬場駅で女性刺殺、北陸本線で特急サンダーバード脱線。西本刑事の友人が犯人と目されるが……十津川警部、渾身の捜査！（解説・香山二三郎）
に1 8

西村京太郎
十津川警部捜査行 東海道殺人エクスプレス
運河の見える駅で彼女は何を見たのか――十津川警部が悲劇の恨みを晴らす！ 東海道をめぐる5つの殺人事件簿。傑作短編集。（解説・山前 譲）
に1 9

西村京太郎
十津川警部 わが屍に旗を立てよ
喫茶店「風林火山」で殺されていた女と「風が殺した」の文字の謎。武田信玄と事件の関わりは？ 傑作トラベルミステリー！（解説・小梛治宣）
に1 10

実業之日本社文庫　好評既刊

西村京太郎
若狭・城崎殺人ルート
天橋立行きの特急爆破事件は、美由紀が店で出会った男が犯人なのか？　疑いをもつ彼女のもとに十津川班が訪れ…緊迫のトラベルミステリー。（解説・山前　譲）
に１21

西村京太郎
札沼線の愛と死　新十津川町を行く
殺人現場の雪の上には、血で十字のマークが。さらに十津川警部に謎の招待状!?　捜査で北海道新十津川町へ飛ぶが、現地は魔法使いの噂が!?（解説・山前譲）
に１22

内田康夫
砂冥宮
忘れられた闘いの地で、男は忽然と消えた――。死の真相に近づくため、浅見光彦は三浦半島から金沢へ。待望の初文庫化！　著者自身による解説つき。
う１２

内田康夫
風の盆幻想
富山・八尾町で老舗旅館の若旦那が謎の死を遂げた。警察の捜査に疑問を抱く浅見光彦と軽井沢のセンセの推理は？　傑作旅情ミステリー。（解説・山前　譲）
う１３

内田康夫
浅見光彦からの手紙　センセと名探偵の往復書簡
ある〝冤罪〟事件の謎をめぐり、名探偵と推理作家の間を七十九通の手紙が往来した。警察と司法の矛盾に迫る二人は、真相に辿り着けるのか――!?
う１４

実業之日本社文庫 に123

二《ダブル》つの首相暗殺計画《しゅしょうあんさつけいかく》

2020年10月15日　初版第1刷発行

著　者　西村京太郎《にしむらきょうたろう》

発行者　岩野裕一
発行所　株式会社実業之日本社
〒107-0062　東京都港区南青山5-4-30
CoSTUME NATIONAL Aoyama Complex 2F
電話 [編集]03(6809)0473 [販売]03(6809)0495
ホームページ　https://www.j-n.co.jp/
DTP　ラッシュ
印刷所　大日本印刷株式会社
製本所　大日本印刷株式会社

フォーマットデザイン　鈴木正道(Suzuki Design)

ISBN978-4-408-55622-2（第二文芸）